2011
신춘문예 당선자 새소설

2011
신춘문예 당선자 새소설

사바스

외
10편

문학나무

말로 지은 배

신춘문예는 작가 공인의 최고급 티켓이다.

그 티켓으로 탈 수 있는 말로 지은 배를 문학나무는 독서의 강에 띄운다.

신춘문예 당선자 새소설집, 이 말로 지은 배가 독서의 강을 지나 독자 대중의 이상과 꿈으로 꽃피고 열매 맺기를 바란다.

2011년
문학나무 기획위원회

2011

신춘문예 당선자

새소설

| **차례** | 2011신춘문예 당선자 새소설

김경나의 달은 동화적 환상 이야기다

2011
신춘문예 당선자 새소설

달

김경나

독자에게 | 지금도 외로운가요

저는 겨울철이면
주머니 속에 손을 자주 집어넣곤 해요
언니가 주머니 안에 하얀 새처럼 들어 있기 때문이지요
손을 펼쳐보세요
그 순간 그 순간

약력 | 본명 김미경. 원광대학교 졸업. 2011년 『경인일보』 신춘문예 당선.
e-mail:kmk02070@hanmail.net

달

보름달이 뜬 밤이었다. 내 방은 아직 아무도 들
어오지 않았다. 그 순간 방 안으로 옅은 바람이 불
어오는가 싶더니 하얀 옷을 입은 언니가 소리도 없
이 들어왔다. 놀다가 구슬을 잃은 아이처럼 언니는
내 안으로 슬퍼서 숨어 들어왔나. 언니는 달이 뜬
밤에 내 안으로 들어온다고 했다. 밤마다 힘들어서
내 세계 안으로 들어온다는데, 그 이유는 집 문을
누군가 밤마다 두드린다는 것이다. 언니가 내 안에
서 빠져나가고 난 어느날 나는 호기심 반 의구심
반 언니의 사생활이 알고 싶어졌다. 나를 가르치려
는 가족은 없지만 한편으로는 이 집과 세계로부터

도망치고 싶은 욕구가 있었다. 어쩌면 언니 때문이
었다.

언니가 내 안에서 빠져나가고, 나는 또 혼자가
되어 방 안에 있었다. 언니를 떠올리면 눈이 흐릿
해졌다. 디딤돌 같은 별을 따라서 가다 보면 두렵
지 않다는데……맨홀 속같이 어두웠던 언니의 표
정이 그려졌다. 그런 날이면 내 얼굴은 하루에도
몇 번씩이나 마치 날씨처럼 변하는 것이었다. 눈도
침침해졌다. 언니는 나의 안경일까. 어딘가에 벗어
두었다가 결국은 잃어버린 안경처럼 언니는 집 안
을 아무리 찾아도 없었다. 달이 뜨지 않은 날이면
더 잘 보이지 않았다. 부스스한 머리를 손으로 쓸
어 올리고 나는 방의 문이란 문은 다 열어보았다.
언니는 그 안에도 없었다.

또 달이 뜬 밤이었다. 그 날은 나도 뭔가 달랐다.
아무래도 언니는 문을 두드리는 녀석이 누군지 알
면서도 내게 말하지 않는 것 같았다. 그래서 오늘
만큼은 언니를 그냥 떠나보내지 않을 것이다. 한눈
을 파는 사이 언니의 세계로 재빨리 들어가 볼 생
각이었다. 내가 더 주의를 기울이지 않으면 언니의

몸 안 세계로 들어가는 일이 수포가 되었다. 그날도 언니는 하얀 옷을 입고 내 안으로 들어와 있었다. 언니는 몹시 허기져 보였다. 눈을 감고 용기를 내어 손을 언니 몸 안으로 밀어 넣자 언니의 세계로 난 작고 긴 통로가 보였다. 갑자기 일어난 일에 놀란 언니가 신음소리를 냈다. 통로는 너무 어두워서 손전등이 필요했다. 언니, 조금만 참아줘. 언니가 나를 부르는 순간 나는 작은 소용돌이를 일으키며 물에 빨려 들어가듯 안으로 들어가고 있었다.

습하고 어두운 곳이었다. 피어오르는 곰팡이가 언니의 집을 갉아먹는 것 같았다. 언니는 반듯하게 누워 있었고 나는 수분이 거의 빠져나간 언니의 얼굴을 쓰다듬어주고 싶었다. 언니의 몸은 흙이 되기 위하여 말라가고 있었다. 손이 떨렸다. 떨리는 눈으로 언니를 바라보았다. 아픈 거야……아프지 않아? 내 목소리는 그 세계에서 유난히 크게 들리는 듯했다.

나는 물에 젖은 디딤돌처럼 멍하니 앉아 있었다. 달이 언니의 집을 비추었다. 언니의 몸은 마른 나무토막이었다. 나도 언니처럼 말라가고 있었다. 그러고 보니 언니는 늘 내 눈 위에서 떠다녔다. 안경을 잃어버린 뒤에 나는 언니 방의 문을 한 번인가 열어보았다. 그래서인지 뭔가에 집착하는 버릇은 그때부터 점점 사라지기 시작했던 것 같았다. 그때 누군가 문을 두드리는 소리가 났다. 나는 몸을 일으키려다가 말았다. 문 틈 사이로 가느다란 빛이 새어 나왔다. 달빛이었다. 언니가 밖을 내다보기 위해 뚫어놓은 구멍인 듯했다. 충혈된 사슴눈이 보였다. 놈인 것 같았다. 왜 저 녀석은 언니의 집에 찾아와 언니의 마음을 헤집어 불안하게 만드는 것일까. 녀석은 얼굴이 반질반질한 게 윤기가 흘렀다. 몸만 두고 언니는 어디로 갔을까. 시간이 얼마나 흐른 것인지 알고도 싶었고 언니가 더 습한 곳에서 두려움에 떨고 있지 않은지 걱정도 들었다. 녀석이 또 눈을 갖다 댔다. 갑자기 녀석은 언니의 집 문을 손으로 쾅, 하고 내리쳤다. 나는 분란한 마음을 누르기 위해 눈을 감았다.

몸이 조금씩 가려웠다. 이 세계 안으로 들어온 사람들을 찾아서 무는 벌레가 있는 것일까. 어서 이곳을 벗어나 밖으로 나가야만 했다. 배를 손으로 득득 긁었다. 숨쉬기가 힘들어졌다. 녀석은 점점 더 크게 문을 두드리더니 어느 순간 돌을 집어 들어 문을 내리쳤다. 녀석이 사슴눈을 달고 있는 게 이상했다. 그런데 저 녀석은 어디에서 온 것일까.

어디선가 애달픈 소리가 들려왔다. 무슨 소리일까. 다시 문틈으로 밖을 내다보았다. 아무것도 보이지 않았다. 문을 두드리던 녀석도 보이지 않았다. 소리는 약하게 그러나 가까이서 들려왔다. 언니는 어디에 숨어 있는 것일까. 숲의 뒷문을 통하여 밖으로 나갔다. 달이 울기라도 했는지 숲은 몸이 축축하게 젖어 있었다. 어디선가 흐느끼는 듯한 신음소리가 들려왔다. 언니가 그곳에 있을 것만 같았다. 소리가 나는 곳으로 다가갔다. 사랑을 나누는 듯한 남녀가 보였다. 내 얼굴이 흥분으로 약간 상기되었다. 젖은 이끼에 발이 미끄러져 하마터면 뒤로 넘어질 뻔하였다. 가까이 가보았다. 여자는 시체였고 신음소리를 내는 남자는 심장이 뛰는 사람이었다. 죽은 자와 관계를 맺는 사람이 있다는 이야기는 들었다. 직접 눈으로 본 것은 처음이었다. 두렵기도 했으나 내가 있는 세계로 아직 가고 싶지는 않았다. 그때였다. 갑자기 찌릿한 아픔이 찾아오는가 싶더니 멈추었다가 또 찾아왔다. 배꼽이 제 스스로 몸 안에서 오물락 조물락거리며 통증을 만들어내고 있는 것 같았다. 언니가 나를 부르는 것일까. 나를 부르는 언니의 신호였으면 싶었다. 언니가 이쪽으로 오고 있었다. 머릿속이 뜨거워졌다. 밤이지만 땅은 봄눈 온 듯이 하얀 빛을 띠었다. 어디선가 야생개 짖는 소리가 났다. 젖은 기운을 타고 소나무꽃 냄새도 아릿하게 나는 것 같았다. 언니는 하늘거리는 하얀 옷을 입은 채 날아오고 있었다. 언니가 땅에 사뿐히 내려와 내 앞에 섰다. 다행히 내가 이 세계로 들어온 것에 대해 뭐라고 잔소리할 것 같은 표정은 아니었다. 언니는 배가 휑한 채 서 있는데 배꼽이 없었다. 아무도 언니의 배 위로 올라가 악기가 되려고 하지 않을 언니의 추운 배. 내 빈 가슴은 채워지지 않는지……하늘에서 눈이 내리고 있었다. 하얀 눈은 어느 세계에서나 마음을 울리는 그 무언가가 있는 것 같았다. 그 순간 언니가 쉿, 소리를 내며 검지손가락으로 내 입술을 막았다. 조금 전에 본, 죽은 시체인 여자와 심장이 뛰는 남자가 다시 보이고 있었다. 남녀가 사랑을 나누고 있던 모습이 아니었단 말인가. 그 순간 나는 놀라서 입을 다물 수가 없었다. 여자 시체가 입술을 깨물며 고통을 참고 있었다. 이럴 수 있을까. 왜 알지 못했을까. 심장이 뛰는 남자의 얼굴이 왜 그제서야 보였을까. 조금 전 그 녀석이었다. 내가 구멍으로 보았던 녀석이었다. 그러고 보니 여자는 죽은 게 아니었다. 이상한 일이었다. 죽은 시체의 몸이 작아지면서 점점 작은 여자아이로 변하는 게 아닌가. 녀석이 여자아이의 머리채를 쥐고 있었다. 필름이 돌아가듯 계속 그 슬픈 장면이 달빛 아래에서 보여지고 있었다. 달빛에 드러나 있는 여린 나뭇가지 같은 그 모습은 아홉살 언니였다.

나는 녀석을 한 손으로 들어 나무 기둥에 묶기 시작했다. 구경꾼들이 어느새 몰려들었다. 죽은 자들은 한결같이 배꼽을 드러내고 있었다. 누군가 손가락질 하듯이 녀석에게 배꼽을 흔들어 보였다. 언니는 언제부터 심장도 없이 살아가고 있었던 것일까. 가족 누구도 그 사실을 알지 못했다. 언니는 집

안 분위기상 그 일을 말해봐야 헛일인 줄 스스로 깨닫고 더 입을 다물었을 것이다. 언니가 내 손을 붙잡았다. 언니는 나에게 사랑한다는 말을 한 적이 없었다. 언니가 나를 아주 사랑하기 때문이었다. 구경꾼 중에 누군가가 언니의 곁으로 오더니 긴 손톱을 작고 둥근 돌로 다듬어주었다.

"끈을 풀어주어, 막내야."

언니가 말했다. 나는 언니가 아니었다. 녀석의 앞으로 다가갔다. 눈을 부릅뜬 녀석이 나를 죽일 듯이 노려보았다. 녀석이 내 얼굴에 침을 탁 뱉었다. 녀석의 코에서 콧물이 비쳤다. 그 순간 나는 어느 책에서 보았던 사진이 떠올랐다. 책을 다 읽고도 나는 그 사진 때문에 한동안 도서관에 책을 반납하지 않았었다.

1905년 북경에서 찍은 작자 미상의 사진이었다. 그 누가 이름을 붙였는지는 모르지만 사진의 제목은 '백조각으로 찢겨 죽는 형벌'이었다. 몽고의 왕자를 암살한 푸추리라는 남자는 몸의 가죽이 벗겨지고 두 팔이 이미 잘려나가 있었다. 사진 속에서 하늘을 향해 있는 푸추리의 눈은 이미 뒤집혀 흰자만 보였다. 그러나 그는 살아 있었다. 가슴은 피가 여러 줄을 그으며 흘러내렸다.

언니가 슬픈 눈으로 나를 바라보았다. 하지만 나는 녀석의 몸을 칼로 잘 도려낼 수 있었다. 언니가 내 머릿속에서 떠오르는 사진을 하얀 몸으로 가리는 것이 아닌가. 내 안에서 떠돌던 그 사진은 몸 안에서 언니에게 걸려 멈추더니 다시 어디쯤에서 천천히 움직이고 있었다. 사진이 내 눈에 보여졌다. 전통 옷을 입은 중국 군중들은 집행인이 칼로 그의 다리를 자르려는 것 같은 행위를 고개까지 빼꼼히 내밀며 내려다보았고, 몇몇은 집행인이 한쪽 다리에 칼을 잘 댈 수 있도록 푸추리의 몸을 잡았다. 그 책에는 '능지(凌遲)'라고 적혀 있었다. 능숙한 집행자는 한 사람에게서 이만 점까지 도려낸다고 했다. 스스로 죽을 수 없는 중국의 푸추리는 죽지 않고 고통을 당하고 있었다. 이 사진은 내 안의 어디에서 구멍같이 나와 해일처럼 나를 향해 오고 있는 것일까.

끈으로 녀석의 몸을 붙들었다. 나는 얼마나 도려낼 수 있을까. 그때의 중국인들이 된 기분이었다.

이것이 꿈은 아니겠지. 눈을 뜨면 꿈인 것은 아닐까. 언니가 내 옆에서 곤히 자고 있는 모습에 놀라 잠에서 깨는 것은 아닐까. 방 안에 한동안 앉아 허탈해하는 나를 상상하고 싶지 않았다. 나는 아무도 없는 곳으로 가고 싶었다. 그러기 위해서는 꿈에서 깨지 말아야 했고, 아무도 따라오지 않을 만큼의 속도로 세상 밖으로 사라지고 싶었다. 머릿속에서는 다시 현실적인 고민이 이어졌다. 다 도려내고 나면 어떻게 할까. 그 순간 어찌된 일인지 중국인들이 푸추리에게 가했던 그 살이 저며지는 고통이 나에게도 전해져 왔다. 이 고통에서 벗어나고 싶었다. 나는 늘 꿈을 꾸었다. 또 하나의 화면이 다시 내 마음에 그려지고 있었다. 푸추리가 당한 그 고통의 순간이었다. 푸추리의 뒤집힌 희뜩한 눈과 그 모습을 연민 하나 없는 표정으로 바라보던 구경꾼들……. 사후 세계의 구경꾼들은 다 어디로 갔는가. 내가 보지 못한 것일까. 그들은 내 뒤에 어느새 다가와 서 있었다. 푸추리의 고통 같은, 세상의 깊은 고통은 어디에서부터 시작되었을까.

녀석의 옷을 벗겨야 했다. 그래야 더 고통받을

김경나
■
19

것 같았다. 나는 언니가 그 장면을 보지 못하도록
한 손으로 언니의 눈을 감겼다. 녀석의 젖꼭지가
드러났다. 그런데 녀석의 배꼽이 없었다. 나는 당
황한 모습을 보이고 싶지 않아 그 자리에서 계속
버텼다. 침착해져야만 했다. 나는 의식적으로 옷매
무새를 바로잡았다. 내 배가 만져졌다. 배꼽은 마
치 옷에 위태롭게 붙은 단추처럼 힘이라곤 없었다.
곧 떨어져나갈 듯이 약해보였다. 나는 구경꾼들을
바라보았다. 그러고 보니 낯익은 얼굴들이었다. 어
머니와 아버지도 있고 고모도 있고 선배, 후배들도
보였는데 배꼽들이 하나같이 땅에 떨어질 듯 어딘
가 작고 허기져 보였다. 어떤 구경꾼은 인조 배꼽
을 달고 있었다. 거의 모두 배꼽이 없거나 떨어지
려고 하거나 있는 척 할 뿐이었다. 하지만 배꼽에
는 신경쓰지 않고 모두 저마다의 상처와 분노에 싸
여 있을 뿐이었다. 언니가 나를 보며 소리없이 웃
고 있었다. 어쩌면 우는 것 같기도 했다.

별들이 진실되게 떠 있는 것 같았다. 보름달이
뜬 밤이었다. 그 순간 왜 그런 생각이 들었을까. 언
니가 일부러 이 세계로 나를 부른 것 같았다. 결국

인간들은 모두 배꼽이 없는 약한 존재들이란 것을 언니는 알리고 싶었던 것일까. 어찌보면 이 세상에서 배꼽을 달고 있는 것도 신기한 일이었다. 하지만 언니를 떠올리면 많이 아팠는데, 언니는 마치 자신을 보며 고통스러워 하라고 내 안에 들어 있는 것 같았다.

죽은 자에게도 운명이 있을 것이다. 많이 외로운 자들은 신을 본다고 했다. 나에게는 신이 아직 보이지 않았다. 오늘따라 달이 참 크게 보였다. 하느님의 배꼽 같았다. 나는 언니가 뒤이어 말하는 소리를 듣지 못해 일부러 큰 소리로 다시 물었다. 문득 나야말로 언니를 잊기 위해 이 세계로 들어와 있는 것은 아닌가 싶어 두려웠다. 하지만 언니는 덤덤했다. 언니의 눈길은 나를 보고 있으나 나를 향해 있지 않았다. 나는 의심이 들었다. 언니의 볼은 달아오르고 마치 첫사랑에 빠진 듯 눈길이 아늑했다.

"시간이 없어 막내야."

그 순간 바람이 내 머리카락을 스치고 어딘가로 사라졌다. 배꼽 부근에서 다시 그때의 통증이 일었다. 그 순간 언니가 내 몸을 안고 날아올랐다. 가장 높은 산꼭대기에 이르고 있었다. 달에 가장 가까운 곳이기도 했다. 나는 숨을 천천히 들이쉬었다. 너무 추워서 몸을 쭈그린 채 덜덜 떨었다. 그 순간 무릎에 힘이 빠졌고 그 자리에 주저앉았다. 언니가 달을 바라보았다. 바람을 타고 녀석의 울음소리가 들려오는 것 같았다. 어찌된 일인지 녀석에 대한 마음이 누그러졌다. 나보다 약해보였기 때문일까. 하지만 언젠가 또 내 눈에 보이면 그때는 어떡할까. 내 마음에서 분노가 다 떠난 것은 아니었다. 시간이 없다고 언니가 다시 말했다. 언니는 멀리 떠나려는 것일까. 하지만 나는 같이 갈 수 없었다. 달 속으로 들어가고 싶지 않았다. 이곳에서 고통을 느끼며 살고 싶었다. 이제 정말 떠나려는 것일까. 언니는 예전처럼 어디에나 보일 것이었다. 어두운 골목 안, 혼자 가는 병원, 지하철 안, 혼자 먹으면 서러워지는 식당……언니도 나를 데리고 가고 싶지 않은 것 같았다. 눈이 온 세계를 다 덮었다. 언니, 그곳도 고통스럽기는 마찬가지겠지. 잘 가. 언니의 하얀 몸이 서서히 달 안으로 빨려 들어가고 있었다. ✯

2011
신춘문예 당선자
새소설

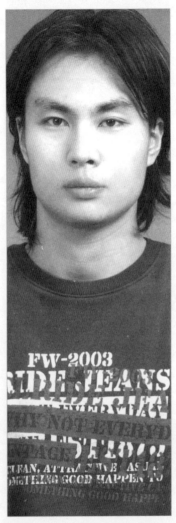

김경락의 사바스는 우리 머릿속에 있으면서 없다

사바스

김경락

독자에게 | 아침이면 사람들은 어김없이 섬으로 몰려들었고 저녁이면
썰물처럼 빠져나갔다. 나는 그곳을 오가는 이들 중 하나였다.
지난 오 년간 내가 일한 곳은 여의도였다. 밤이면 원효대교를 지나는
버스에 몸을 묻은 채 차창 밖 한강의 야경을 바라보며 내일은 반드시
인도로 떠나리라 다짐했다. 내게 인도란 그저 떠나고 싶은 현실의 상징
이었다. 그 다짐은 인도에서 둔황으로, 둔황에서 티벳으로, 티벳에서
브라질로 바뀌었지만, 나는 오늘도 이 길을 오가며 하루를 산다. 어쩌
면 그곳에 가더라도 얼마 지나지 않아 돌아가고 싶어질지도 모른다.
아마도 인생이란, 조금은 꿈꿀 여지를 남겨 둔 채 살아야 제맛이 아닐
까 한다.

약력 | 2011년 『전남일보』 신춘문예 당선. 현직 : 전산실 근무.
e-mail: kkl0308@naver.com

사바스*

신의 존재를 믿는다면 악마의 존재 또한 믿어야 할 것이다. 그것은 빛이 힘을 잃는 순간 어둠이 몰려드는 것과 같은 것이다. 만일 악마의 존재를 믿지 않는다면 당신은 이 글을 조용히 내려놔도 좋다. 이 글은 악마가 존재한다는 가정하에 쓰일 테니까.

나는 악마의 축제, 사바스에 간 여자에 대해 이야기할 생각이다. 그녀는 일 년 전부터 나와 함께 살고 있다. 아직 빗자루 따위의 날것을 타는 것에 익숙하지 않은 여자는 매일 서툴게 사바스에 간다.

날것을 타는 일은 이 시대로 따지자면 고공낙하나 행글라이더와 같아 초보자에겐 위험한 일이다. 신문에는 종종 별다른 이유 없이 높은 곳에서 떨어져 죽은 사람의 이야기가 실린다. 그들 중 일부는 사바스에 참석하려다 비행에 실패해 추락한 마녀, 혹은 마법사다.

여자가 마녀임을 의심하기 시작한 건 최근의 일이다. 삼 개월 전, 사업부가 폐지되면서 이사직을 관두고 집에 있는 시간이 늘자 여자는 나를 피하려는 듯 다시 일을 시작했다. 여자는 이른 시간 오피스텔을 나가 동이 틀 무렵 들어왔다. 여자가 들어올 때면 열린 현관문 사이로 사바스에서 사용하는 악마의 향초 냄새가 뒤따랐다.

그녀의 직업은 조주사다. 이름대로라면 술을 제조하는 것이 그녀의 일이지만 실제로 그녀가 하는 일은 바에 온 손님의 대화상대가 되는 것이다. 그녀는 바텐더라는 말보다 조주사라 불리는 걸 좋아했다. '이것도 라이센스가 필요한 일이야.' 그녀는 자신의 일에 자부심을 가졌다. 내 생각이지만 그녀가 가진 라이센스는 마법 고약을 만드는 비법에 관한 것인지도 모른다.

마녀가 하늘을 날려면 몸에 고약을 발라야 한다. 개구리 눈알과 고양이 간 따위로 만든 고약에서 역한 냄새가 난다는 건 중세의 고약제조법에나 나오는 말이다. 불순한 재료가 들어가는 것만 신경 쓴다면 향수대용으로 쓸 정도의 고약을 제조하는 것도 그리 어렵지 않다. 사바스에 가기 전 여자는 짙은 화장을 하고 몸에 고약을 뿌린다. 요즘은 중세처럼 지저분하게 옷에 바르기보단 향수처럼 뿌리는 방법을 선호한다. 그런 이유로 그녀의 고약 병엔 '샤넬'이라 적혀 있다.

준비를 끝낸 여자가 담배와 라이터를 챙긴다. 은빛 지포 라이터가 그녀의 비행도구다. 아직도 빗자루 따위로 하늘을 나는 마녀는 없다. 중세의 마녀가 빗자루를 탄 건 가재도구 중 비행에 가장 적합한 모양새를 갖춘 것이 빗자루였을 뿐이다. 지금은 모든 것이 소형화된 시대, 마녀의 비행도구가 콤팩트해진 건 이상한 일이 아니다.

"나 갈게."

현관에서 힐을 신으며 여자가 말했다. '응' 소파

에 앉아 노트북 자판을 두드리던 나는 담배에 불을 붙인다. 언제든 이 집을 떠나 버릴 수 있을 것 같은 그녀의 눈동자는 오늘도 비어 있다. 요즘 들어 여자가 더욱 낯설다.

그녀가 초대받은 사바스가 열리는 곳이 어딘지는 정확히 알 수 없다. 짧게는 수 킬로에서 멀게는 수천 킬로 떨어진 곳에서 열릴지도 모를 사바스 장소까지 여자를 쫓아갈 능력이 내게는 없다. 중세엔 브르타뉴의 카르냐크 황야의 거석들 사이나 악령이 깃든 독일의 블록스베르크 정상에서 사바스가 열렸다는 기록을 본 적이 있다. 그렇다면 인터파크나 옥션을 다 뒤져도 오늘 밤 그곳으로 떠나는 비행기 표를 구하는 건 불가능할 것이다. 게다가 그 정도 단서로 여자가 간 곳을 찾는다는 건 집이 어디냐는 질문에 서울이라고 대답하는 격이다. 그렇다 하더라도 할 수 있는 한 그녀를 쫓아가 볼 생각이다. 사바스 장소까진 갈 수 없겠지만 그렇다고 가만히 앉아 있을 수도 없는 일이다. 마녀인 그녀는 언제 라이터를 타고 날아오를지 모른다. 그러면 나는 여자를 놓쳐 버리겠지. 휴대폰 위치를 추적하는 건 어떨까 생각도 해봤지만 통신회사에선 본인 동의가 필요하다고 한다. 난감한 일이다.

오피스텔 1층으로 내려간 여자는 대로에서 택시를 잡는다. 내가 추적하는 사실을 눈치챘는지 여자는 라이터 대신 택시를 선택한다. 그녀는 오늘 미니스커트에 숄을 걸쳤다. 가슴을 모아주는 기능성 브라가 가슴을 더욱 돋보이게 한다. 마스카라로 속눈썹을 세운 그녀의 눈은 오늘따라 더욱 섹시하다. 촉촉하게 입술을 적신 붉은 립스틱. 펄이 들어간 립스틱에 입술이 반짝인다. 집을 나서는 여자에게 키스하지 않은 게 후회스럽다.

여자가 택시에 오르자 나도 택시를 잡는다.

"저 차 좀 따라갑시다."

기사는 집게 사이의 꽁초를 차창 밖으로 털며 달갑지 않은 표정을 지었다.

"좀 더 얹어 드릴게요. 부탁 좀 합시다."

여자를 태운 택시가 시야에서 멀어진다. 기사는 어쩔 수 없다는 표정으로 핸들을 쥔다. 여자를 놓치게 될까 봐 마음이 불안하다. 어쩌면 그녀는 영영 돌아오지 않을지도 모른다.

사바스에선 세상의 온갖 악마와 마녀들이 피의 축제를 벌인다. 그들은 숫염소의 머리를 가진 악마의 왕에게 살아 있는 인간을 제물로 바친다. 산채로 바쳐진 제물은 온몸에서 피를 쏟아낸다. 의식이 끝나면 그곳에 모인 악마와 마녀들의 교접이 시작된다.

언젠가부터 여자의 몸에서 시체 썩는 냄새가 났다. 화장대 위엔 마법 고약이 담긴 화장품이 즐비했고 여자의 옷장엔 프라다를 비롯한 갖가지 코트와 가방이 가득했다.

여자는 매일 밤 춤을 췄다. 그녀의 몸은 아름다웠다. 슬립 사이로 드러난 그녀의 가냘픈 목선과 잘록한 허리, 유선형을 유지한 엉덩이. 간혹 커튼에 비친 그녀의 그림자 뒤로 뭔가가 스쳐지나쳤지만 나는 모른체 했다. 여자는 여신이었다. 나는 그녀에게 모든 걸 바쳤다. 내 어머니의 심장만 빼고. 내가 집에 머물게 된 후부터 여자는 점점 늘어나는 나의 카드빚과 돌려막는 돈의 액수만큼 쌀쌀해졌다. 모든 건 예상했던 일이었다. 나는 돈을 구하러 고군분투했다. 여자에게서 타인의 체취를 느낀 건 일주일 전이다. 언젠 닥쳐도 이상하지 않을 거로 생각했지만 참을 수 없는 분노가 느껴졌다. 그것은 악마의 체취였을까.

여자가 탄 택시는 변두리 바에 멈췄다. 지하에 자리잡은 그곳은 여자가 일하는 곳이다. 거리엔 하나둘 네온등이 빛을 발한다. 나는 가로등 뒤에서 네온 빛을 바라본다. 오늘 여자는 사바스에 가지 않는 걸까. 아니면 내가 뒤를 밟은 걸 눈치 챈 걸까.

블랙홀처럼 빨아들이는 기운이 지하로 난 계단에서 느껴진다. 한참을 서성이다 한 걸음씩 계단을 내려간다.

벽에 걸어 놓은 횃불과 숫염소 머리 박제, 바의 내부는 중세의 고성 풍으로 인테리어 되어 있다. 나는 여자가 눈치채지 않게 구석에 자리를 잡는다.

"어떤 걸 드릴까요."

종업원의 말에 압생트(absinthe)를 떠올린다. 정식 수입이 금지된 밀주지만 이곳은 예전부터 압생트를 팔았다.

'이 술은 마시는 자에게 초록의 요정이 나타난다

고 해요. 속설일지 모르지만 고흐도 압생트를 마시고 귀를 잘랐다고 하더군요.'

처음 압생트를 마신 날, 여자가 들려준 말이다. 프랑스의 화가 툴루즈 로트렉도, 헤밍웨이도 압생트를 마시고 난동을 부렸다는 말을 들은 적이 있다.

압생트를 주문한다. 여자가 눈치채지 않게 희미한 조명 사이로 얼굴을 파묻는다. 와인글라스를 닦는 여자의 얼굴이 보인다. 여자는 누군가를 기다리는지 손목에 찬 시계를 본다. 종업원이 가져다준 병에 담긴 한 모금의 압생트를 마신다. 초록빛 악마의 술. 취하고 싶어졌다. 연거푸 잔을 비웠다. 50도가 넘는 초록의 악마다.

'이 술이 좋은 점은 이 술이 만들어낸 세상에 대한 모든 기억을 잊는다는 거죠.'

처음 압생트를 권했을 때 여자가 했던 말이다. 기억의 망각이라……

온몸이 무겁다. 나는 조금씩 고개를 떨어뜨린다. 테이블에 몸을 기대면서도 의식의 문만은 붙잡고 놓지 않으려 애쓴다. 희미한 의식 속에 문득 떠오르는 생각이 있다. 어쩌면 여자가 사바스에 가지 않은 게 아닐지도 모른다고.

삼십대 중반의 CEO. 젊은 시절의 성공이란 악마의 향초처럼 향기와 악취를 동시에 가졌다. 나는 미친 듯 일에 빠져들었다. 하지만 한때의 성공이란 움켜진 모래와 같았다.

게슴츠레 눈을 떴을 때 한 남자가 바에 앉아 여자에게 몸을 밀착하고 손을 더듬는 게 보였다. 그는 다름 아닌 몇 해 전의 나다.

'나는 오컬티즘(occultism)을 대중화한 사업을 하고 있죠. 신과 악마, 악마의 축제. 정형화된 논리에 지친 요즘 사람들은 그런 것에 관심이 많죠. 할로윈데이를 테마로 한 카페에 가봤나요?'

여자의 귓불을 만지며 말했다. 그녀의 목덜미가 달아올랐다. 대학 시절부터 나는 비학(秘學)에 빠져 있었다. 초자연적 존재를 소환해내는 의식인 카발라를 시도한 건 단순 호기심이었다. 서클의 안쪽 삼십 센티 간격으로 동심원을 그려 그 안에 동서남북으로 성스러운 문자 '타우'를 나타내는 기호를 적어 넣었다. 그리고 서클의 한가운데에 앉아 눈을 감았다.

'실카, 실카, 베사, 베사.' 악마를 소환하는 주문이라고 했다. 그를 불러 내면의 욕망과 영혼을 맞바꾸는 주문. 설마, 진짜 나오기야 하겠어?. 그러면서도 몇 번이고 주문을 되뇌었다. 머리카락이 곤두서는 느낌을 받아 눈을 떴다. 바람이 불었던 걸까. 하지만 여긴 실내인걸.

기억대로라면 그날 내겐 아무 일도 일어나지는 않았다. 정말 그런 것 같았다. 십여 년의 시간이 지난 지금 스스로에게 묻는다.

'그날 정말 아무 일도 일어나지 않았던 걸까.'

젊은 시절의 탐닉대상을 사업에 접목하겠다는 생각을 한 건 주문을 외운 이듬해였다. 어느 날 정신을 차려보니 성공한 사업가가 되어 있었다. 부러울 게 없었다. 오히려 부러움의 대상이었다. 그때쯤 여자를 만났다. 여자는 내 귓가에 입술을 붙이고 속삭였다.

'난 유치하게 당신 어머니의 심장을 가져오란 소린 하지 않아요. 대신 나와 함께 인생을 즐겨줘요. 당신의 재력은 우릴 행복하게 만들 거예요.'

김경락

여자의 말대로 나는 인생을 즐겼다. 문제가 되지 않을 만큼의 밀주와 시가, 약간의 엑스터시. 그런데 뭐가 문제였을까. 비학을 테마로 한 상업적 성공은 하루아침에 수포로 돌아갔다. 서른 개가 넘던 오컬트 카페는 문을 닫거나 겨우 명맥을 유지했다. 마약과 여자에 빠져든 건 사실이다. 하지만, 그뿐이다. 그게 어때서? 고작 그것이 내 파멸의 이유란 말인가?

'그대는 파우스트를 알고 있는가?'

신이 메피스토펠레스에게 말했다. 메피스토펠레스는 인간을 악의 구렁텅이로 유혹해 파멸시켜 보겠으니 내기를 하자고 신에게 졸랐다. 신은 자신 있게 말했다.

'인간은 어두운 충동을 받더라도 올바른 길을 잃지 않는 선한 본능이 있지.'

그렇게 신과 악마는 내기를 시작했다. 그리고 그 대가로 파우스트는 젊음을 얻었다.

희미한 조명 아래 횃불이 타오른다. 바는 중세의 음험한 곳에서 이뤄지던 사바스 장이 되어 있다. 취한 걸까. 눈앞에서 여자가 익숙한 동작으로 춤을

추는 게 보인다. 여자의 뒤로 추한 얼굴의 악령들이 천정과 바닥에서부터 스멀스멀 몰려들어 여자를 감싼다.

긴 뿔이 높이 자란 염소 머리의 악마가 왼손에 창을 꼬나들고 여자가 있는 것으로 걸어간다. 창끝에 벼린 날이 서 있다. 어쩌면 오늘 여자는 제물이 될지도 모른다. 나는 고함을 지르며 여자가 있는 단 위로 뛰어 올라갔다. 단의 중앙에 다다랐지만 춤추던 여자의 모습은 어디에도 보이지 않는다. 사방을 둘러본다. 그때 기이한 울부짖음이 들리며 염소 머리를 한 그것이 내게 다가왔다. 놀란 나는 지상으로 올라가는 계단을 향해 뛴다. 기괴한 소리와 환영이 보인다. 악령들이 내 몸을 붙들고 놓아주지 않았다. 그 때 여자의 목소리가 귓가에 들리는 듯했다.

'그날 타우에서 나를 불러낸 건 당신이 아니었던가요?'

머리가 아파 잠에서 깼다. 오피스텔 안이다. 얼마나 잤을까. 창밖으로 완전히 떠오른 해가 하강을 시작하려는 듯 하늘을 붉게 달군다.

'일어났어?'

아이라인을 그리던 여자가 거울에서 눈을 떼지 않고 말했다. 출근하기엔 이른 시간이다.

머리가 어지럽다. 몸에 시큼한 냄새가 배여 있다. 새벽녘 퇴근을 한 여자의 몸에서 나던 그 냄새. 지난밤 꿈속의 이미지들이 희미하게 고개를 내민다. 한동안 뭔가 유쾌하지 못한 꿈에 시달렸다. 긴 창을 든 염소의 머리를 한 뭔가에 쫓기는 꿈. 생각해 보면 그런 꿈을 꾼 건 이번이 처음은 아니다. 요즘 들어 매일 밤 비슷한 꿈속을 헤맸다.

사방이 어둑해진다. 빛이 사라진 자리를 비집고 들어오는 어둠. 문득 떠오르는 이미지가 있어 노트북을 켜고 생각나는 대로 끼적여본다.

'신의 존재를 믿는다면 악마의 존재 또한 믿어야 할 것이다. 그것은 빛이 힘을 잃는 순간 어둠이 몰려드는 것과 같은 것이다.'

담배에 불을 붙이고 생각나는 대로 글을 이어나갔다. 출근 준비를 마친 여자가 핸드백을 들고 일어선다.

'나 갈게.'

힐을 신으며 여자가 말했다. 현관문이 닫히는 소리가 들렸다. 복도를 지나는 여자의 힐 소리가 멀어진다. 그 소리를 들으며 여자가 머물던 자리를 바라본다.

조용히 소파에서 일어나 여자가 나간 문으로 따라나선다. 오늘 밤, 나는 여자를 쫓아 사바스에 가볼 생각이다. ✶

*사바스(Sabbath)는 유대교와 기독교의 안식일을 의미한다. 그리고 마녀들의 모임 또한 사바스라 부른다.

김경락
■

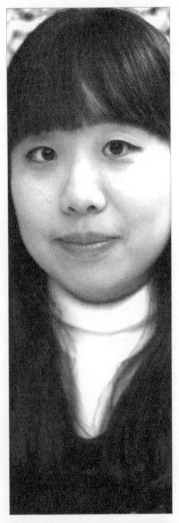

라유경의 영수증은 말한다. 당신 이름은 돈이다

영수증

라유경

독자에게 | 글을 읽어준 모든 분들께 감사드립니다. 제가 쓴 글을 읽고 누군가의 마음이 움직였다면 그것보다 기쁜 일은 없을 거예요. 제 글의 첫 독자는 나 자신이겠죠. 재미있는 글로 오래오래 내 마음 그리고 당신의 마음과 마주하겠습니다.

약력 | 동국대학교 문예창작학과 졸업. 2011년 『한국일보』 신춘문예 당선.
e-mail:ygmiss@hanmail.net

영수증

영수증 서명 칸에 사인을 했다. 카드결제를 할 때면 늘 하는 일상적인 일이었다. 하지만 나는 펜을 들고 사인하는 이 순간이 은근히 기다려지곤 했다. 내 사인은 매번 바뀌었다. 작은 네모 칸은 내게 거울과 같았다. 네모 칸을 보며 나는 자신이 아닌 다른 무언가를 떠올렸다. 닮고 싶은 사람이나 싫은 사람이 되어 보기도 했다. 구입하는 물건과 장소에 어울리는 사람이 되어 보기도 했다. 네모 칸 안에 알파벳을 쓰거나 다른 이름을 지어서 적기도 하고 그림을 그려 넣기도 했다. 잠시 동안이지만 여러 이름과 모양이 되어 볼 수 있는 그 순간이 나는 매우 즐거웠다. 현금영수증제도가 시행되고 카드결제가 일반화된 이후 나는 적은 돈도 일부러 카드로 결제했다. 내가 한 사인을 눈여겨 본 사람은 아무도 없었다. 그들에게는 내 뒤로 길게 줄 서 있는 사람들의 계산이 급했기에 빈 공간에 어떤 걸 써도 상관없는 일이었다.

오늘도 편의점에 들러 천이백 원짜리 우유를 사면서 카드를 내밀었다. 남자는 카드를 계산기에 긁었다. 그 동안 나는 '오늘은 어떤 이름을 쓸까' 고민했다. 내 눈에 마침 들고 있던 책의 작가 이름이 들어왔다. 서점에 들러 샀던 책이다. 내가 좋아하는 작가의 신간이었다. 남자가 서명을 부탁해오자 나는 작가 이름을 적었다. 그때만큼은 정말 내가 그 작가가 된 듯한 기분이 들어서 괜히 우쭐해졌다. 남자는 영수증을 재빨리 주고 내 뒤에서 기다리고 있는 사람에게 눈길을 돌렸다.

이렇게 영수증 서명 칸에 사인놀이를 하기 시작한 것은 2년 전부터다. 안 씨인 나는 늘 '안'을 쓰고 동그라미를 쳤다. 요즘은 펜보다 플라스틱 막대기로 터치패널에 사인하는 경우가 많았다. 터치패

라유경

■

43

널에 사인할 때 실수로 이름을 흘려 쓴 적이 있다. 나중에 다시 보니 '이'로 보이는 것이다. 내가 이씨가 된 기분이었다. 그 이후로 나는 서명 칸에 아무런 글자를 마구 끼적였다.

내 지갑은 늘 영수증으로 채워졌다. 더 이상 남는 공간이 없어질 때까지 지갑이 뚱뚱해지면 나는 영수증들을 집에 있는 상자에 옮겨 담았다. 상자에는 여러 종류의 영수증이 잡다하게 섞여 있었다. 영수증을 보면 어느 날, 어느 시간에, 어느 곳에서 무엇을 샀는지 알 수 있었다. 그때마다 내가 누구였는지 들여다볼 수 있었다.

편의점은 지하철을 환승하는 길목에 자리 잡고 있었다. 좁지만 손님들이 많았다. 아침을 먹지 못한 직장인과 학생들에게 달콤한 델리만쥬 냄새로 발길을 이끌었고, 사람들은 그곳에서 허기진 배를 채울 삼각 김밥이나 우유를 사갔다. 학교를 마치고 집에 갈 때면 그곳을 잊지 않고 들렀다. 그때마다 작은 군것질 거리들을 사먹었다. 배가 고픈 건 아니었다. 밖에 나가서 사람들을 만나고 할 일을 하고 집에 돌아오는 길에는 늘 뭔가를 먹어야만 했다. 몸속에 구멍이 있는 게 아닌가 생각되기도 했다. 뭔가를 먹으면 그 구멍이 채워지는 것 같은 느낌이 들었다. 나는 초코바, 우유, 커피, 빵, 과자 등을 하나씩 샀고, 늘 그러하듯 카드결제를 했다.

다음날에도 나는 편의점에 들러 샌드위치를 샀다. 샌드위치를 보자 '소풍'이 생각났다. 계산 후 영수증 서명 칸에 '봄'이라고 적었다. 나는 적으면서 내가 정말 '봄'이었으면 좋겠다고 생각했다. 영수증을 받아서 지갑을 열었다. 꽉 차서 더 이상 넣을 수 없었다. 나는 그것을 주머니에 넣었다. 샌드위치를 들고 가면서 나는 내가 정말 봄이 되어 걷는 듯한 기분이 들었다.

계단을 내려가고 있는데, 누군가가 뒤에서 나를 불렀다.

"저기요! 저기요! 봄 씨!"

누군가가 내 어깨를 쳤다. 나는 놀라 뒤돌아봤다.

"이거 흘리고 가셨어요."

받아보니, 아까 샀던 샌드위치의 영수증이었다.

라유경
■

내 뒤에서 걸어오던 남자였다. 그는 나를 '봄'이라고 불렀다. 영수증을 보고 부른 것 같았다. 나는 그에게 고맙다고 말하며 영수증을 다시 주머니에 넣었다.

열차를 타고서 샌드위치를 먹으려 하는데, 유통기한 날짜가 어제인 것을 발견했다. 다시 돌아갈 수 없으니 내일 등굣길에 들리기로 했다.

방에 들어가자마자 나는 제일 먼저 화분에 물을 주었다. 일주일 전, 집 앞 꽃집에서 산 치자 화분이었다. 치자 꽃은 활짝 필 기미가 보이지 않았다. 꽃집 주인은 일주일이면 꽃이 활짝 핀다고 말했다. 화분을 살 때, 나는 향을 오래도록 맡고 싶어서 일부러 봉오리만 있는 것을 골랐다. 노란 꽃이 피면 방 안에 봄 향기가 가득 찰 것이었다.

물을 많이 준 탓일까. 햇볕을 골고루 받지 못해서일까. 화분을 살 때 주인이 당부했던 얘기들을 떠올렸다. 빛이 들지 않는 곳에 두면 꽃이 피지 않는다고 했다. 나는 화분을 베란다로 옮겨다 놓았다.

상자 속 흩어져 있는 영수증을 정리했다. 서명한 것이 있는 영수증과 그렇지 않은 것으로 나눈 후, 서명한 것은 다시 이름을 적은 것과 단순한 기호를 그린 것으로 분류했다. 그것들을 펼쳐보니 지난 일주일 동안의 삶이 보였다. 그 동안 나는 서점, 카페, 김밥나라, 약국, 꽃집을 들렀다. 이 모든 곳은 지하철역이나 집 앞 동네 상가에 모여 있다. 여기저기 많이 가본 것 같지만 따지고 보면 학교와 지하철, 집 앞 상가 건물을 돌아다닌 것밖에 되지 않았다. 내 생활은 지하철 순환선처럼 똑같은 선로를 반복할 뿐이었다.

집을 나서면서 샌드위치를 챙겼다. 지하철을 타고 환승역에서 내려 우선 편의점으로 갔다. 어제 산 샌드위치를 보여주며 유통기한이 지났다고 환불을 해달라고 했다. 카운터에는 늘 보던 아르바이트생이 아닌 중년 여자가 서 있었다. 사장인 듯했다. 여자는 영수증을 보여 달라고 했다. 나는 지갑을 열어 영수증을 찾았다. 영수증이 보이지 않았다. 어제 입었던 옷 속에 넣어두었던 게 떠올랐다.

나는 여자에게 깜박 하고 가져오지 않았다고 말했다.

주인 여자는 나를 수상한 눈빛으로 쳐다봤다. 여자는 갑자기 신분증을 보여 달라고 했다. 나는 영문을 몰라 왜 그러느냐고 물었지만, 다짜고짜 신분증을 요구하는 바람에 주민등록증을 보여주었다.

"아가씨, 정체가 뭐야?"

주인 여자는 영수증 뭉치를 내놓았다. 그 동안 내가 물건을 사고 사인했던 영수증이었다.

"이거 다 아가씨가 산 거 맞지? 살 때마다 매번 이름이 바뀌고. 우리 아르바이트생이 얘기해줘서 내가 그 동안 유심히 지켜봤어. 수상하다 했더니, 아가씨가 가고 난 후로 초코바가 하나씩 없어지더래."

나는 아니라고 말했다. 뭔가 오해한 것 같다고. 아니라는 말만 반복했다.

"그러면 왜 매일 영수증에 이름을 바꿔서 쓰는데?"

나는 뭐라고 대답해야 할지 몰랐다. 잠깐만이라도 다른 사람이 되고 싶어서 그랬다면 믿어줄까.

아니면 그냥 재미로 했다고 말할까. 나는 아무 말도 하지 못한 채 그 자리에 가만히 서 있었다.

여자는 이번 한 번만 봐주겠다며 내 앞에서 영수증을 쓰레기통에 버렸다. 편의점을 나왔다. 나는 왜 아무런 말도 못했을까. 의자에 앉아 전동차를 기다렸다. 전동차 두 대를 연달아 그냥 보냈다. 내 몸속 구멍이 더 커지는 것을 느꼈다.

꽃집 앞을 지나갔다. 치자 화분이 놓여 있었다. 화분을 살 때 나는 영수증에 어떤 이름을 썼었나. 기억나지 않았다. 빵집으로 걸어갔다. 몸속 구멍을 채우고 싶었다. 빵집에서 가장 큰 빵을 골랐다. 길이가 긴 바게트였다. 나는 바게트를 들고 가 계산대에 올려놓으면서 카드를 주었다. 아르바이트생은 카드를 계산기에 긁은 후 "서명해주세요." 라며 짧게 말했다. 나는 망설임 없이 터치패널에 '바게트' 라고 적었다. 아르바이트생이 나를 보며 웃었다.

치자 꽃봉오리는 여전히 입을 다물고 있었다. 입을 다물고 있는 꽃은 아무런 향기도 나지 않았다.

라유경

49

햇볕을 너무 강하게 쬐었는지 흙이 말라 있었다. 다른 화분을 골라올 걸 그랬나. 혹시 병든 것을 골라온 게 아닌가 싶었다.

바게트를 뜯어 먹으며 그 동안 모아두었던 영수증을 모두 꺼냈다. 바게트가 딱딱했다. 영수증에는 각각 다른 이름들이 적혀 있었다. 그 이름들을 계속 보고 있으니 갑자기 내 이름이 뭐였는지 헷갈리기 시작했다. 베란다에 놓아둔 화분을 보았다. 입을 다문 꽃봉오리들이 보기 싫어졌다. 나는 영수증 뭉치들을 가방에 쑤셔 넣고, 치자화분을 들고 집 밖으로 나왔다.

놀이터 의자에 앉았다. 아이 한 명이 그네를 타고 있었다. 아이는 나를 보더니 어딘가로 가버렸다. 가방 안에서 영수증을 꺼냈다. 작은 가방은 영수증만으로도 꽉 찼다. 영수증이 수북해 한 손으로 쥐기에도 벅찼다. 그 중에서 꽃집 영수증을 골라냈다. 영수증을 찾는 데 오랜 시간이 걸렸다. 그 동안의 내 일상이 스쳐지나갔다.

치자 화분을 사고 받은 것을 찾아냈다. 그것을 제외한 나머지 것들은 모래를 깊게 파서 묻었다.

지난 내 일상도 함께 묻는 느낌이었다.

바로 꽃집으로 달려갔다. 꽃이 활짝 핀 화분들이 보였다. 내가 샀을 때 봉오리만 져 있던 다른 화분도 지금은 모두 만개해 있었다. 나는 주인에게 화분을 내밀며 말했다.

"환불해주세요."

"응?"

"환불해주세요. 일주일이 넘도록 꽃이 피지 않아요."

"그거야, 아가씨가 잘 못 키워서 그런 거지. 그걸 왜 우리 가게에 와서 따져."

"환불해주세요. 제가 불량품을 사온 것 같아요."

"화분을 환불해준다니. 말이 돼?"

"여기, 영수증도 가져왔어요."

"이렇게 억지를 부리면 어떡해."

나는 영수증을 보여주면서 그대로 있었다.

"여기 봐요. 다른 치자 꽃들은 다 잘만 폈어. 그건 아가씨가 물을 제대로 안 줘서……."

"환불해주세요. 아니면, 다른 화분으로 교환해주세요."

라유경

51

"그렇게는 못해."

나는 영수증과 치자화분을 꽃집에 그대로 두고
나왔다. 내가 내민 영수증은 아무런 쓸모가 없었
다. 영수증에 적힌 사인이 내 눈에 들어왔다. 그곳
에는 내 이름이 적혀 있었다.

그 뒤로 편의점에 다시는 가지 않을 생각이었다.
영수증에 사인할 수 있는 곳은 편의점 말고도 많았
다. 하지만 환승역에 내려 지하철을 갈아타려면 반
드시 편의점을 지나야 했다. 그냥 지나치려 했다.
그런데 손님들로 북적거렸던 편의점 풍경이 보이
지 않았다. 편의점이 철제문으로 막혀 있었다. 철
제문에는 종이가 붙어 있었다. 종이에 적힌 문구를
읽어봤다.

매점 계약 기간 만료로 영업이 종료되었습니다.
새로운 임차인이 영업을 준비 중입니다.

새로운 편의점 주인이 누구일지 궁금해졌다. 혹
은 편의점이 아닌 다른 점포가 들어올지도 모를 일
이다. 항상 똑같은 자리에 있던 편의점이 사라지자
허탈한 기분이 들었다. 계산하기 위해서 긴 줄을

서서 기다려야만 했었다. 내 차례가 올 때까지 서명 칸에 사인할 이름을 고민했던 내 모습이 떠올랐다. 지금 철제문 안은 텅 비어 있을 것이다.

지갑을 꺼내 열어봤다. 뚱뚱했던 지갑은 홀쭉해 있었다. 다시 영수증으로 지갑을 채우고 싶어졌다. 그 동안 빌렸던 수많은 이름들이 스쳐 지나갔다. 나는 사라진 편의점 앞에 한참 동안 서서 내 이름을 나지막이 불러봤다.

라유경
■

배길남의 자유로운 상상이 배길남을 낳았다

2011
신춘문예 당선자 새소설

내 친구 깨비

배길남

독자에게 | 얼마 전 선배 소설가 한 분에게 '자유로운 상상'에 대한 얘기를 들었습니다. 이제 갓 등단한 저로서는 저 멀리만 보고 있다가 뒤통수 한 대 맞고 앞을 쳐다볼 수 있었던 좋은 충고였습니다. 그런 의미에서 「내 친구 깨비」는 상당한 용기를 가지고 보내는 글입니다. 어깨 힘 다 빼고 흐늘흐늘 너무 가벼울지도 모르니까요. 하지만 '자유로운 상상'에 몸을 맡기고 원고를 보냅니다.

"기다려라, 그리고 희망을 가져라."

약력 | 경성대 국어국문학과 졸업. 2011년 『부산일보』 신춘문예 단편소설 당선. e-mail:rakesku@hanmail.net

내 친구 깨비

놈과 내가 알게 된 것은 1년이 채 되지 않았다. 어느 밤, 길을 걷다 뒤에서 누가 부르는 소리를 들었다.

"백수야, 백수야."

뒤를 돌아보니 이상한 꼬마녀석이 내 이름을 부르고 있었다.

"너 내 이름 어떻게 알아?"

"백수야, 백수야, 나 돈이 없어 그러는데 천 원만 빌려 주라."

"너 임마, 쬐끄만 게……."

꼬마녀석이 반말해서 욕하려다가 녀석의 이빨을

보고 말았다. 괴물처럼 뾰족한 게 두 개 튀어나와 있었다.

"백수야, 백수야, 돈 안 빌려줄래?"

손을 내밀며 한 발짝 다가오는데 본능적으로 등골이 서늘함을 느꼈다. 녀석은 사람같지가 않았다. 그럼 유령? 하여튼 귀신이나 도깨비 같은 게 분명했다. 함부로 하다간 큰일난다 싶었다. 그래도 심적으로 밀리면 안 되니까 정신 바짝 차리고 툭 던져 보았다.

"천 원 뭐 하려고?"

"백수야, 백수야, 그건 묻지 마라. 천 원만 빌려 다오."

귀신 같은 게 순진한 눈망울로 쳐다보고 있었다. 가진 돈 탈탈 털어 사발면 하나 사러 나왔는데……, 이건 또 무슨 경우냐? 잠시 망설이다 라면의 유혹을 참기로 했다. 도깨비건 귀신이건 잘못하면 해코지한다는 말을 들은 적이 있으니까. 그래, 놀고 먹는데 맨밥에 김치도 감사하지. 그게 아니라도 그냥 잃어버린 셈 치자.

"자, 천 원."

배길남
■
57

"고맙다, 백수야. 고맙다, 백수야. 내일 꼭 갚을게."

꼬마녀석은 뛰어가버렸다.

"이런 젠장."

난 전 재산을 잃고 휘적휘적 집으로 들어갔다. 다음날 어디서 술 한 잔 얻어 먹고 방에 누워 있으려니 창문 사이로 소리가 들려왔다.

"백수야, 돈 갚으러 왔다. 백수야, 돈 갚으러 왔다."

온 몸이 섬뜩한 게 술이 확 달아났다. 고함이라도 치려다 해코지한단 얘기가 떠올라 떨면서 창문을 열었다.

"빌린 돈 여기 있다. 옜다. 받아라."

녀석은 그리곤 후다닥 사라져버렸다. 진짜 귀신에 홀린 기분이었지만 술기운이 다시 머리를 공격해 와서 뻗어버리고 말았다. 다음날 밤, 그 녀석이 왔던 시간이 되자 잠이 오지 않았다. 도깨비는 한번 오면 계속 온다던데……. 에이, 설마 또 오려고?

"백수야, 빌린 돈 갚으러 왔다. 백수야, 문 열어라. 백수야, 문 열어라."

이런, 저 녀석이! 깜짝 놀란 나는 창을 열고 "도대체 뭐야? 어제 갚았잖아!"하고 말하려 했지만 녀석이 먼저 말할 기회를 주지 않았다.

"빌린 돈 여기 있다. 옜다, 받아라."

그러더니 또 후다닥 사라져버렸다. 그게 1주일 동안 계속되었다. 난 골머리를 앓다가 결국 포기하기로 하였다. 도서관에 찾아가 도깨비와 관련된 자료나 고전 설화를 수십 개 뒤져 보았다. 도깨비란 놈이 원래 건망증이 심해서 했던 짓을 또 하고 또 하고 한다고 적혀 있었다. 꼬마 도깨비 얘기도 나왔는데 영락없이 지금 그 녀석이었다.

"제길, 매일 천 원씩 일 년 치를 계산해 봐도 삼십 육만 오천 원이네, 모르겠다. 하루 천 원 버는 게 어디냐?"

그러길 석 달 쯤 지났나? 이젠 녀석의 방문도 시계 알람 소리마냥 익숙해져 있었다. 그날도 마찬가지로 천 원을 던져주곤 후다닥 할 줄 알았는데 녀석이 쭈뼛쭈뼛 눈치를 보는 것이 이상했다. 그래서 왜 그러고 서 있냐? 하고 물어보았다.

"있잖아……, 백수야. 내가 그러니까……, 백수야. 나 심심하거든. 그런데 너랑 놀고 가면 안 되냐?"

석 달 동안 정도 들어버렸고 들어오라고 했다.

녀석은 아파트 창문 창살 사이에 엿가락처럼 끼어
들더니 통과해서 쑤욱 들어왔다. 뭐 이런 게 다 있
어?

녀석이 자리잡고 앉으니 전부터 궁금한 게 생각
나서, '너 뿔은 없냐?' 하고 물으니 "그건 일본 도
깨비 '오니' 애들 얘기야, 우린 그런 거 없어. 아직
일제 강점 잔재가 남아 있구만, 쯧쯧……." 하고
날 이상하게 쳐다보았다. 약이 바짝 올라 이것저것
물으니 녀석은 제법 해박했다. 무슨 주제를 꺼내도
이 얘기 저 얘기 다 술술 지껄여대는 거였다. 그러
다 얘기가 컴퓨터로 흘러가자 녀석이 말했다.

"오락 있냐, 오락 있냐, 백수야, 오락 있냐?"

그래서 컴퓨터를 켜고 게임 몇 개를 시켜줬더니
미친 듯이 좋아했다.

"백수야, 백수야, 근데 이 오락은 왜 이리 느리
니?"

한참 매달려 있던 녀석이 불쑥 물어왔다.

"으응, 우리 집 컴이 5년도 넘은 거다. CPU도 1
기가 안 넘어."

"백수야, 백수야, 우리 집에 좋은 컴퓨터 있던데

갖다 줄까?"

녀석의 행동을 생각할 때, 우리 집이 컴퓨터로 꽉 찰 것 같아서 거절해버렸다. 그리고 고전설화들을 생각하니 도저히 못 할 짓이었다. 도깨비들은 건망증으로 자기 집 재산을 몽땅 남에게 갖다 주고 나서, 영문도 모른 채 도깨비 임금한테 벌 받으러 가곤 한다고 했다. 녀석도 하는 짓을 보아하니 꼭 그 짝이었다. 녀석이 좋아지기 시작했는데 그럴 순 없었다.

"우리 집에 컴퓨터 업그레이드 할 거니까 괜찮아."

"응? 언제? 언제? 언제?"

녀석이 다그쳐 묻기에 대충 대답해버렸다.

"응, 내일! 그냥 황금CD나 있으면 갖다 줘."

황금CD란 불법복제 CD를 말한다. 조심한다고 해놓고는 생각 없이 내뱉고 말았는데 그게 화근이었다.

"거짓말 아니지? 거짓말 아니지? 우리 집에 게임CD 많다. 업그레이드! 업그레이드하면 할 수 있는 게임 구워서 갖다 줄게. 거짓말 아니다. 거짓말 아니다."

그러면서 녀석은 또다시 엿가락처럼 끼어서 빠져나가 후다닥 사라졌다.

"잘 놀았다. 백수야, 잘 놀았다. 백수야, 거짓말 아니다. 거짓말 아니다."

'거짓말 아니다.' 이 말을 남긴 채……. 멍하니 녀석이 나간 창문을 쳐다보다 깜짝 놀랄 짓을 저질렀단 걸 깨달았다.

"큰일 났다!"

컴퓨터 업그레이드……. 만약 녀석이 그게 거짓말인 줄 알고 삐지면 화가 나서 무슨 짓인들 할 줄 모른다. 그게 도깨비들 속성이니까. 에구에구! 말실수다. 진짜 실수다. 다음날 아침부터 어머니한테 괴발개발 욕 들으며 컴퓨터 업그레이드를 강조했다.

"너 직장 때려치우고 아르바이트하는 것도 아니고, 잠이나 자고 술이나 퍼먹으면서 무슨 소리야? 집에 돈 없다."

아아! 미치겠네. 돈 없는 거 누가 모르나? 누가 하고 싶어서 이런 줄 아셔요? 잘못하면 우리 집이 폭삭 주저앉는다니까……? 도저히 안 되겠다 싶어 사방으로 전화하고 뛰어다니기 시작했다.

"야, 부갑아! 돈 좀 꿔주라, 꼭 갚아 줄게. 야, 야! 끊지 말고!"

"벌재, 너 요즘 돈 잘 번다며……, 부탁이다."

결국 돈 당길 수 있는 데선 다 당겨 가지고 업그레이드 자금을 마련했다. 사흘 뒤에 된다는 걸 컴퓨터 집 아저씨한테 빌고 또 빈 다음에, 직접 택시 타고 부품까지 사주며 그날 가져오고 말았다. 덕분에 난 집이고 친구고 친척이고 간에 빚이란 빚은 다 져버렸다.

"진짜 돈 벌어야지. 미치겠네."

대자로 뻗어서 흘린 땀을 닦으며 중얼거리고 있을 때 녀석이 나타났다.

"백수야, 백수야, 돈 갚으러 왔다. 옛다. 천 원 받아라. 그리고 황금CD, 황금CD 여기 있다. 옛다, 받아라."

뭔가 말하려는 순간 후다닥 녀석은 사라져버렸다. 진짜 뭐야? 컴퓨터는 쳐다보지도 않았다.

"저 녀석……. 아이고, 미치겠네."

분명 업그레이드니 뭐니 다른 건 다 까먹어버리

고 황금CD만 달랑 갖고 온 게 틀림없었다. 어느 개그맨의 랩이 떠올랐다.

'너 땜에 내가 미쳐, 너 땜에 내가 미쳐.'

CD를 보니 최신 게임이 들어 있었다. 하지만 하루 이틀 지나자 온 방이 CD로 꽉 찰 것 같았다. 이제 내 방에 들어오면 눈이 부셔서 선글라스라도 끼고 있어야 할 지경에 이르고 말았다. CD를 어떻게 처리하나 하다 친구놈들이 놀러오면 한 개씩 주다가 빚진 놈들한테 모두 CD를 돌려버렸다. 대충 돈 갚는 셈치고. 그리고 통신에 연결해서 조심스럽게 광고를 하니 CD가 알게 모르게 팔려나가서 돈이 생기곤 했다. 그 돈으로 조금씩 빚을 갚을 수 있었다. 어쨌든 녀석의 말도 안 되는 기행에 두 손 두발 모두 다 들 수밖에 없었다.

"진짜 문제네, 이 녀석."

석 달인가가 또 흘렀다. CD는 팔리는 대로 없어졌지만 시간이 지나자 유행이 지났는지 팔리지도 않아서 곧 다시 쌓이기 시작했다. 그러던 어느날 녀석이 또 쭈뼛거리기 시작했다.

"백수야, 백수야. 나 오늘 심심한데……, 진짜

심심한데, 너희 집에서 놀고 가면 안 되냐?"

얼굴이 벌개갖고 말하는 폼이 진짜 불쌍했다. 그래서 들어오라고 했더니 좋아하며 창살 사이로 쑤욱 끼어 들어왔다. 이 얘기 저 얘기 하다가 CD 생각이 나서 그만 갖고 오라고 말했더니 녀석이 외쳤다.

"아! 맞다. CD 갖다 준다고 했는데 까먹었다. 미안하다, 미안하다."

그러더니 여태까지 준 CD를 보고는 말했다.

"이거 유행 지난 거다. 이딴 거 왜 이리 많이 갖고 있니? 내가 좋은 걸로 갖다 줄게."

이러는 거다. 환장할 노릇이지만 말이 통하지 않는 걸 어떻게 하나? 녀석은 이리 저리 둘러보다가 말했다.

"너 전자파가 얼마나 안 좋은 줄 모르는구나. 선인장이라도 사다 놓지."

"뭐, 별로. 당장 이상 있는 것도 아니고."

"아냐, 아냐, 우리 집에 선인장 이쁜 거 많다. 하나 갖다 줄게. 우와, 시간이 이리 되었나? 나, 간다. 나, 간다. 백수야, 잘 있어라. 백수야, 잘 있어라."

배길남

"그, 그게…… 야아, 야!"

말할 틈도 없이 밖으로 빠져나가 후다닥 사라져
버렸다.

"맙소사! 선인장?"

온 집이 선인장으로 가득 차 조금만 움직여도 가
시에 찔리는 모습이 상상되었다. 벌써부터 따가운
것 같았다.

"아이고, 머리야!"

녀석은 계속 나타났다.

"백수야, 백수야, 돈 갚으러 왔다. 옜다. 천 원 받
아라. 아참, 잊을 뻔했네. 옜다, CD도 받아라. 참!
참! 내 정신이 이렇다. 선인장! 선인장도 받아라."

후다닥!

CD는 또 예전처럼 처리한다고 치고 선인장은
진짜 문제였다. 내 컴퓨터 근처는 선인장으로 둘러
싸여 전자파는커녕 양념파도 나올 수 없게 되었고,
그래도 남아서 쪽지를 붙여 아무나 갖고 가라고 아
파트 앞에 내놓곤 했다.

그런데 문제가 발생했다. 할머니가 무척 아프신
거다. 무슨 장염이라고 하는데 만성이라 암으로까

지 가기 직전이라는 거다. 우리 집은 야단이 났고 드는 병원비만도 어마어마했다. 하지만 돈이 문제가 아니었다. 덕분에 난 정말 진지하게 이 나라의 청년실업에 대해 고민했다. 어머니께선 병에 좋다는 온갖 걸 다 사와서 녹즙을 한다, 약을 달인다느니 난리도 아니었다. 문제는 여기 있었다. 하루는 선인장이 효과가 있다며 구할 궁리를 하는 거였다. 난 얼른 내 방에서 수십 개를 꺼내놓았다.

"너 선인장 수집했냐?"

어머니는 미친놈 보듯 날 쳐다보다가 당장 찧어 가지고 즙을 만드셨다. 할머니께선 이제 약은 귀찮다는 듯 당장 입에 대지 않으셨다. 그런데 그 다음 날, 그때까지 차도가 없으시던 할머니께서 엄청나게 회복되어 이부자리에서 벌떡 일어나신 것이다. 만세! 녀석이 가져온 선인장은 사람 몸에 무지 좋은 영약이었나 보다. 이후론 컴퓨터 앞에 놓인 선인장 두 개를 빼고 다른 것은 모조리 우리 가족의 건강 음료가 되어버렸다.

그렇게 또 몇 달이 지났다. 죽어도 안 간다던 학원에 취직한 나는 모처럼 사회인의 면모를 갖추고,

처음 놈과 만났던 그 길을 늦은 시간에 지나게 되었다. 그런데 누군가 부르는 소리에 놀라 뒤를 보니 녀석이 서 있었다.

"야, 오늘은 여기서 만나네?"

그런데 놈의 표정이 이상했다.

"백수야, 백수야. 미안하다. 돈 못 갚겠다. 미안하다."

이상한 예감이 들었다. 녀석이 잡혀갈까봐 도깨비 방망이도 안 받았고 비싼 물건도 애써 안 받았는데 혹시……?

"백수야, 백수야, CD도 못 주고 선인장도 못 줘서 미안하다. 도깨비 임금님이 나 벌주신다고 호출했다. 오랫동안 못 보겠다."

"왜? 돈 헤프게 쓴다고 그래? 1년에 365000원밖에 안 되는……. 아, 그건 아니고. 뭐, 뭐 땜에?"

"나도 모르겠다. 선인장 한 개 몰래 가져 나오다가 들켰는데 막 혼났다. 나 땜에 소프트웨어 개발한 사람들도 다 망했단다. 임금님 보약도 없어졌댄다. 그래서 벌 받는 단다. 난 아무 것도 안 했는데……. 무섭다. 무섭다. 백수야 무섭다."

아아, 그랬구나. 젠장, 그런 걸 생각 못하다니…….
녀석은 나 때문에 결국 고전 설화처럼 벌 받으러
가는 것이었다. 그래도 끝까지 나에게 미안하다며
저러고 있는 거였다. 눈물이 고여 왔다.

"깨, 깨비야!"

난 녀석의 손을 꽉 잡았다. 녀석은 어느새 공중
으로 떠올라가고 있었다. 내 머리 위까지 떠올라
손을 놓을 수밖에 없었다.

"야, 임마!"

"백수야, 무섭다. 백수야, 무섭다."

울먹거리며 멀어져 가는 녀석을 바라보았다. 녀
석은 점점 높이 올라가더니 사라져버렸다.

"흐윽!"

눈물 때문에 멀어져 가는 놈을 놓쳐버리자 엉엉
울고 말았다. 귓가에서 아련하게 녀석의 목소리가
들리는 듯 했다

"백수야, 미안하다. 백수야, 미안하다. 다음에 와
서 꼭 돈 갚을게, 다음에 와서 꼭……." ⸙

백수린의 기도는 기도를 건너 세피아 톤에게 간다

2011
신춘문예 당선자 새소설

기도

백수린

독자에게 | 나는 건망증이 심한 편이다.

어디를 가던 중인지 잊어버려 길 한복판에 멈춰 있기 일쑤고, 양치를 하다가도 왼쪽을 다 닦았는지, 닦아야 하는 차례인지를 잊어버려 처음부터 다시 시작하곤 한다.

내가 잃어버린 물건들은 또 얼마나 많은지.

수많은 펜들과, 양말들, 우산들, 지갑들, 안경집과 장갑들은 다 어디로 사라졌을까.

내가 잊어버린 것들, 그래서 결국에는 잃어버린 모든 것들에게 심심한 사과를 전한다.

약력 | 2011년 『경향신문』 신춘문예로 등단.
e-mail:paper_petal@hanmail.net

기도

김은 위성도시에 위치한 거래처로 외근을 가고 있는 중이었다. 대낮의 지하철은 적당한 인파로 붐볐다. 한 손에는 서류 가방을 들고 다른 손으로는 지하철 손잡이를 잡은 김의 몸이 지하철의 움직임에 따라 이 쪽 저 쪽으로 쏠렸다. 김의 앞에 앉은 남자는 다리를 쩍 벌린 채 고개를 끄덕이며 졸고 있었다. 피곤해 보이는 남자가 고개를 끄덕이는 폼이 초라한 긍정처럼 보여 김은 아주 잠깐 연민을 느꼈다. 상사에게 비위를 맞추기 위한 끄덕임. 폭력을 행사하는 사람 앞에서 살기 위해 동조해줄 때의 비루한 끄덕임. 그러나 연민이 충분히 커지기도 전에 누군가가 김의 등을 밀치고 지나갔고, 그래서 김은 그 사람의 뒤통수를 향해 눈을 신경질적으로 치켜떴다. 비교적 온순한 편인 그의 내면에 숨겨져 있는 과격한 성향은 늘 이런 순간에 소심한 방식으로 튀어나왔다.

지하철이 멈추었다. 한 무리의 사람들이 객차에 올라타고 또 내렸다. 김은 재빨리 빈자리를 향해 몸을 던졌다. 자리를 차지하고 나자 기분이 한결 좋아졌다. 자리에 앉자마자 가방 속에서 진동음이 울렸다. 휴대전화는 가방 깊숙이 처박혀 있었다. 아무거나 대충 구겨 넣고, 절대 꺼내어 정리하는 법이 없는 김의 가방 속은 밑이 빠지기라도 한 듯 늘 깊었다. 김은 휴대전화를 찾기 위해 지갑이며 수첩 따위를 꺼냈다. 문자 메시지를 보낸 사람은 아내였다. 오늘 몇 시쯤 퇴근할 거야? 아내의 주된 관심사는 퇴근 시간이었고, 어느 시점인가부터 그가 하루 종일 얼마나 고단한 삶을 사는지에 대해서는 딱히 궁금해 하지 않았다. 입 안에 고이는 씁쓸함을 삼키며 아내의 문자 메시지에 답을 하는 동안 지하철은 빠르게 달렸다. 몇몇의 사람들이 더 타고, 내렸다. 무심히 휴대전화에서 시선을 떼고 창밖을 보다가 김은 깜짝 놀랐다. 광화문. 지하철 바깥의 벽면에는 분명 그렇게 씌어 있었다. 도시를 벗어나기 위해서는 여기에서 버스로 갈아타야만 했다. 김은 서둘러 가방을 챙겨 들고 밖으로 뛰쳐나갔다.

닫히는 문틈으로 가까스로 빠져나오는 순간, 김은 자신의 변함없는 민첩함에 스스로도 깜짝 놀랐다. 오랜만에 뿌듯하고 상쾌한 기분이 들었다. 학창 시절에도 재빠른 편이었던 김은 체육 시간이면 인기 만점이었다. 김은 모든 수비수를 제치고 골대로 돌진하는 공격수였고 체육대회마다 영웅이 되는 계주 선수였다. 탕, 하는 총소리와 함께 바람을 가르던 그 기분. 지갑이 없어졌다는 사실을 깨달은 것은 바로 그 순간이었다. 어느 체육대회의 기억을 떠올리며 지갑을 찾던 바로 그 순간. 지갑은 어디에서도 보이지 않았다. 가방을 열고 그 안의 소지품들을 다 꺼내보았지만 마찬가지였다. 불현듯, 지갑을 지하철 벤치에 놓고 내린 게 틀림없다는 생각이 들었다. 서둘러 플랫폼을 향해 뛰어내렸다. 지

하철은 이미 사라진 뒤였다. 지하철이 지나간 자리
로 불쾌한 바람이 자욱하게 피어올랐다. 낭패라는
생각이 먼저 머릿속을 스쳤다.

어떻게 하지?

가장 먼저 떠오른 것은 지갑 안에 들어 있는 신
용카드들이었다. 네 장의 신용카드와 두 장의 체크
카드. 은행에 신고를 해야 하는 걸까. 김은 지갑을
잃어버렸던 몇 해 전의 기억을 떠올렸다. 신용카드
를 다시 만들고, 운전면허증과 주민등록증 따위를
재발급 받아야만 하는 번거롭고 소모적인 과정들.
금방 찾을 수도 있으니 찾을 데까지 찾아봐야겠다
는 마음이 드는 것과 거의 동시에 그 사이에 누가
카드를 써버리면 어떻게 하나 하는 우려 역시 머릿
속을 스쳤다. 결국 김은 초조함을 억누르며 114에
전화를 걸었다.

저기, 지하철 유실물 신고센터 번호 좀요.

유실물 센터의 직원은 친절한 어투로 객차의 위
치와 객차가 떠난 시간, 그리고 탔던 열차의 번호
따위를 물었다.

그런 것들을 기억할 리가 없잖아요!

직원은 또 다시 친절한 목소리로 대답했다.

네, 그러시군요. 대충 10분 전쯤이라고 신고하
면 되겠습니까? 방면은 어느 방면이셨습니까? 습
득 신고가 오는 대로 연락드릴 테니 번호 하나만
남겨주시겠습니까?

김은 짜증이 치미는 것을 느끼며 휴대전화 번호
를 남겼다. 그리고 전화를 끊고 나서도 무엇을, 어
떻게 더 해야 하는지 몰라 플랫폼을 한참 서성였
다.

그 지갑은, 아내를 만나기 전까지 사귀었던 김의
애인이 사준 것이었다. 전 애인의 흔적이 될 만한
사진이며 편지 따위는 모두 버렸지만 지갑만은 차

마 버리지 못하고 있었다. 끊임없이 입사 시험에 미끄러지던 어느날 애인이 사준 지갑이 이별 선물일 줄은, 김은 꿈에도 알지 못했다. 그 여자와 김은 삼 년 간 사귀었다. 너무 사랑했고 당연하게 결혼까지 생각했던 그 여자는 어느날, 차마 얼굴을 보고 말할 수 없어 그렇다며 문자 메시지로 이별을 통보했다. 전화도 받지 않고 집에 찾아가도 만나주지 않던 여자. 헤어짐의 이유를 알았더라면 덜 원망스럽지 않았을까. 이별 후 가끔 찾은 그녀의 미니홈피 대문에는 '사랑, 그 차가운 아픔' 혹은 '안녕, 널 세피아 톤 기억 속에 영원히 묻어둘게' 따위의 문구가 걸려 있었다. 김은 떠나간 애인을 이해하기 위해 많은 시간을 허비했다. 그것은 그녀를 용서하기 위한 것이 아니라 그 스스로를 구원하기 위한 과정이었다. 그가 가진 조건들, 가난하고 병든 부모와 삼 남매의 장남이라는 현실, 가까스로 졸업한 사 년제 대학 따위의 것들이 사랑만으로는 극복할 수 없는 지점들이었는지도 몰랐다. 그런 통속적인 여자에 불과했다는 사실이 서운하면서도 그는 그녀와의 추억을 버릴 수 없었다. 맞선으로

만난 아내는 착하고 무던했지만, 그의 빛나는 기억
들은 모두 그녀와 함께 했던 시절 속에 세피아 톤
으로 묻혀 있었기 때문이었다.

주은 사람이 혹시 연락해주지는 않을까?

김은 지갑 속에 자신의 연락처를 알릴만한 어떤
흔적을 남겨두었는지 아닌지 기억해 내려고 애썼다.
영수증과 신용카드, 몇 장의 지폐 속 어딘가에 명함
하나 정도는 끼워져 있을지도 모르는 일이었다. 지
갑만 가져다준다면. 그 안의 돈은 상관없으니까, 지
갑과 신용카드만 그대로 있다면. 그렇다면 김은 뭐
든 해줄 수 있을 것만 같았다. 막상 지갑을 잃어버
렸다고 생각하자 헤어진 직후에 느꼈던 허전함과
애틋함이 되살아났다. 그녀와의 수많은 추억들. 그
녀는 잘 살고 있을까. 다시는 그토록 순수한 마음
으로 나를 사랑해줄 여자를 만나지 못할 거야. 그
렇게 생각하자 턱없이 외로워졌다. 분실센터에서
는 여전히 연락이 없었다. 십 분이 천 년처럼 길게
느껴졌다. 포기하고 지금 출발해도 거래처 미팅 시

간에는 간당간당했다. 그렇지만 발걸음이 도무지 떼어지지 않았다.

제발, 지갑만 찾아준다면.
오, 하나님. 그 안에 있는 돈은 다 주겠어요.
아아, 아니. 사례비를 더 줄 수도 있어요.
주워준 사람이 해달라는 대로 다 해줄 수도 있어요.

김은 초조한 마음으로 아랫입술을 질겅질겅 씹었다. 누군가가 신용카드를 쓰고 돌아다닌다면. 상상만으로도 눈앞이 캄캄했다. 안 그래도 언제나 가계는 적자였다. 갚아야 하는 전세대출금이며, 자동차 할부금이며, 게다가 아내는 아이를 위해서라면 돈을 아끼는 법이 없었다. 아이를 위한 거니까, 할수 없다 생각하면서도 가끔씩은 내가 얼마나 고생해서 버는 돈인데, 하고 울컥하는 심정이 되는 것이 사실이었다. 에이, 씨발 놈의 강 과장. 순간, 강과장이 김의 머리를 제안서로 내리치던 장면이 생생히 떠올랐다. 일은 더럽게 못하면서 언제나 김을 못 잡아먹어 안달인 강 과장을 떠올릴 때면 언제나

신물이 올랐다. 습관적으로 강 과장에게 욕을 퍼부으려던 김은 화들짝 놀라, 다시 기도를 시작했다.

오오, 부처님. 아닙니다. 욕한 것 취소하겠습니다.
앞으로는 마음을 곱게 쓸 테니, 취직시켜주신 자비만도 감사하게 생각하며 살 테니, 지갑만 찾아주십시오. 비나이다, 비나이다.

그러고 보면 김에게는 취직만 시켜주면 무엇이든 하겠다고 기도하던 시절이 있었다. 취직만 시켜주면 지키겠노라 남발하던 수많은 약속들이 떠올랐다.

하느님, 천지신명님,
이번에는 꼭, 지갑만 찾아주신다면,
카드만 누가 긁고 다니지 않은 채 곱게 돌려주신다면,
예전에 약속드린 대로 매달 유니세프에 기부금도 내고,

한 달에 한 번 고아원이나 양로원으로 봉사도 다니겠습니다.

아내한테도 잘하겠습니다. 옛 애인과 비교 같은 것도 절대 절대 안하겠습니다.

그냥 추억으로만 간직하겠습니다.

지하철이 플랫폼으로 들어왔다 빠져나갔다. 사람들도 쏟아져 나왔다가 흩어졌다. 김은 벤치에 앉아서 혼자 기도를 중얼거리며 누군가로부터 전화가 오기만을 기다리고 있었다. 오 분만, 오 분만 더 기다려 보고, 은행에 신고하고, 거래처로 가야지. 김은 주머니에서 손수건을 꺼내어 목덜미를 타고 흐르는 식은땀을 훔쳤다. 그때, 전화벨이 울렸다. 분실물센터는 아니었다. 김은 떨리는 손으로 폴더를 열었다.

여……여보세요?

지갑 잃어버리셨죠?

백수린
■
81

네, 네, 네…….

상대는 서대문역의 역무원이었고, 그는 누군가가 지갑을 맡겨 놓고 갔다며 찾으러 오라고 말했다. 김은 날아갈 듯한 마음이 되어 지하철이 오기를 기다렸다. 열차가 들어올 때까지의 시간이 너무 길게만 느껴졌다.

제발, 제발, 제발, 카드가 무사히 있게 해주세요.

한 정거장도 너무나 멀게 느껴졌다. 에스컬레이터를 겅중겅중 뛰어오르며 김은 계속 기도를 중얼거렸다.

카드만 그대로 다 있으면, 앞으로 맨날 야근을 해도 불평하지 않겠습니다.

오늘 거래처에 늦는다고 깨져도 욕하지 않겠습니다.

사람들한테도 친절하고 예의바르게 살고,

거지들한테 돈도 주고, 처갓집에 주는 돈도 안

아까워하겠습니다.

제발, 제발 카드만 무사히 있게 해주세요.

역무실의 철제문을 열었다. 여러 대의 CCTV를
마주 보고 서 있던 누군가가 김 쪽을 향해 고개를
돌렸다.

저, 저기 지갑 좀.

하느님, 부처님, 천지신명님, 제발.

역무원은 천천히 책상 쪽으로 몸을 움직였다. 서
랍을 열고, 그 안에서 지갑을 하나 꺼냈다. 갈색 가
죽으로 된 지갑은 틀림없는 김의 것이었다.

오, 하느님!

김은 다급하게 지갑을 전해 받았다. 그리고 초조
한 마음으로 지갑을 열어 보았다. 카드들이 그대로
있는 것 같았다. 만 원 권 지폐 몇 장도 그대로 있

었다.

　마음 착한 사람이 지갑을 주웠는지 돈도 그대로 있는 것 같더라구요. 사례할 생각 있을까봐 연락처를 받아놨습니다. 드릴까요?

　역무원이 말했다.

　네, 네.

　김이 고개를 끄덕였다. 역무원이 전화번호를 찾으려고 장부를 뒤적였다. 카드와 신분증이 모두 제대로 있는지 다시 한 번 살피던 김이 흘깃, 시계를 보았다. 시계를 보자마자 지금 출발하더라도 미팅에 삼십 분은 늦을 것이라는 생각이 벼락처럼 김의 뇌리에 꽂혔다. 그와 동시에 미팅에 지각했다는 것을 안 강 과장이 퍼부을 듣도 보도 못한 쌍 욕들이 벌써부터 귓가에 맴돌기 시작했다. 이런 씨발. 갑작스레 김이 내뱉은 욕에 역무원이 놀란 듯 그를 쳐다보았다. 카드와 신분증은 분명 모두 그대로 있었다. 김은 역무원이 전화번호를 찾는 것을 기다리지 못하고 역무실 문을 벌컥 열었다. 그리고 바람처럼 빠르게, 악, 앗, 으악! 사람들을 밀치며 플랫폼을 향해 뛰어내렸다.

아, 씨발. 정말 좆같은 하루네.

저기요! 역무원이 그런 그의 뒤에 대고 소리를 쳤다. 역무원이 손에 든, 전화번호가 적힌 포스트 잇이 펄럭였다. 그러나 김은 이미 사라져버리고, 그가 있던 자리는 흩어졌다가 모여드는 수많은 사람들로 채워지고 있었다.

아, 씨발. 이왕 이렇게 된 거 딱 하나만 더 들어주세요.
한 시간 안에는 미팅에 도착하게 해주셔야 해요.

초조한 표정으로 지하철이 들어올 터널을 노려보며 김은 아랫입술을 질경질경 씹었다. 김의 하루가, 또 다시 세피아 톤으로 저물어 가고 있었다. ✿

백수린
■

설은영은 안다. 여자가 독감이 들면 남자가 죽는다는 것을

2011
신춘문예 당선자 새소설

독감

설은영

독자에게 | 라면을 만드는 장인이 있었습니다. 사람들은 외로울 때마다 그를 찾아가 조용한 한 끼로 배를 채웠지요. 최고의 맛집들이 사라지고 생기고를 반복하는 동안, 장인은 묵묵히 라면만을 만들었어요. 그의 정성은 오랜 단골들에게 잔잔한 위로가 되었답니다. 저도 원고지 안에, 가게 하나 차려 보겠습니다. 그리고 명장이 될 때까지 노력하겠습니다. 부디 제 단골이 되어 주세요.

약력 | 1977년 서울 출생. 2011년 『조선일보』 신춘문예 단편소설 당선으로 데뷔. 현직 소설가, 프리랜서 기자. e-mail:garson@hanmail.net

독감

　새벽 3시, 강서구 화곡동 4차선도로. 술냄새를
풍기는 한 사내가 다급하게 택시를 잡고 있다. 남
자는 누군가와 통화를 하며 벌써 30분째 발을 동
동 구르고 있다.

　"신종플루 확실해? 의사가 위독하다고 그랬어?
울지 마, 울지 말고 정신 똑바로 차려! 뭐? 처남한
테도 전화했다고? 바쁜 처남을 왜 불러! 나 먼저
불렀어야지! 아니, 화내는 거 아니야. 그래, 회의
하느라 전화 꺼놨었지…… 울지 마, 중요한 회의
였어. 나도 사흘째 한 잠도 못 자서 정신이 없어.
일단 진정하고 있어, 택시 타고 금방 갈게. 너무 걱

정하지 마 괜찮을 거야. 끊는다? …… 이봐! 택
쉬!"

사내가 대로로 갑자기 뛰어들자 택시 한 대가 급
정거를 하고 상대방을 노려본다. 신장 180cm에
최소 90kg은 나갈 듯한 사내가 콧김을 씩씩 불고
있으니 멧돼지의 습격이라도 받은 것 같다. 그러나
베테랑 기사는 이내 경계를 풀고 차창을 부드럽게
내린다.

"어디 가시게?"

"춘천 성심병원으로 좀 갑시다. 아내가 위독합니
다."

"얼마에 가시게?"

"평소에 10만 원에 다녔으니까 그렇게 갑쉬다."

"허허 손님 술 좀 드셨네, 허나 그렇게는 안 되지
요. 거긴 최소 14만 원짜린데?"

"그러지 말고 10만 원에 가줘요! 방금 말했잖아
요, 아내가 위독하다니까!"

사내가 기사 옆으로 냉큼 올라타며 말했다.

"에이 손님, 거긴 아무도 10만 원에 안 가요. 날
도 이렇게 추운데 사모님이 위독하다니 내 인심 썼

수다. 12만 원에 갑시다! 콜?"

"알았으니 빨리 출발이나 해요."

총알택시는 화곡에서 서울 끝까지 통과하는데 30분도 채 걸리지 않았다. 사내는 딸꾹질을 연발하며 근심어린 얼굴로 입술을 물어뜯었다. 불과 사흘 전에 아내와 함께 뉴스를 봤었다. 신종플루로 사망한 30대를 보며 '그깟 감기로 죽는 인간이 다 있네'라고 빈정댔더니 아내는 그게 고인에게 할 소리냐며 특유의 성질머리를 자랑했다. 쓸데없이 피곤하고 진지한 여편네, 한 달간의 냉전을 갓 끝낸 시점만 아니었더라면 한 소리 해줬을 것이다. 담배를 챙겨 베란다로 나가며, 확 신종플루나 걸려버리라고 속으로 악담을 했던 것이 말의 씨가 되었을까. 사내가 고약해진 기분으로 입맛을 다시려니 기사가 슬쩍 입을 열었다.

"사모님께서 똥을 잘 누시는 편입니까?"

"예? 방금 뭐라고 하셨습니까아?"

"잘 생각해보세요. 사모님께서 똥을 잘 누셨습니까?"

"아내가 변을 잘 보는지는……."

"평소에 노오란 바나나똥을 누셨다면 별일 아닐 것이고요, 그게 아니라면 뭐…….”

"신종플루도 감기의 일종이니까 처치를 잘 하면 괜찮을 겁니다.”

"어이구 무슨 말씀을 그리 태평하게 하십니까? 저 아는 사람도 그걸로 얼마 전에 둘이나 죽었는데요?”

사내의 가슴이 덜컥 내려앉는다.

"두 사람이나 죽었다구요? …….”

"예에, 조류인플루엔자 그게 사람을 그렇게 잡는다니까요?”

사내는 갑자기 현기증을 느꼈다. 조류인플루엔자가 느닷없이 왜 나오지……?

그러거나 말거나 총알기사는 짐짓 심각한 표정으로 계속 뭐라 중얼대며 머리를 끄덕인다. 그리고 격려라도 해주려는 듯 오른손을 쭉 뻗어 사내의 무릎을 툭툭 쳤다. 기사는 처음부터 한손으로만 운전 중이었으므로 그런 제스처를 취할 때마다 핸들이 저 혼자 움직였다. 사내는 순간 불안한 기운을 느끼며 기사의 얼굴을 살폈다. 그리고 기사와 눈이

설은영
■

마주치는 순간 술이 확 깨는 기분이 들었다. '뭐지?' 싶은 얼굴이다. 어딘지 대단히 허술해 보이는데, 술을 먹은 것 같지는 않고 동공이 또렷한 걸 보니 약을 한 것도 아니다.

"제가 개인택시를 해보려고 한 2년간 무사고 무결점이었던 거 손님은 모르시죠?"

사내는 기사가 입을 열 때마다 반사적으로 핸들을 주시했다. 기사의 오른쪽 손이 핸들을 잘 쥐고 있는 것을 확인하며 슬쩍 안도할 때였다. 라디오에서 신종플루 사망 속보가 새나왔다. 어제 오후부터 지금까지 모두 두 명이 사망했다는 보도다. 사내의 딸꾹질이 더욱 심해졌다.

"옴마야, 삼십 대가 또 죽었네? 것 보라니까요? 사모님도 평소에 바나나똥을 누지 않으셨다면 위험할 겁니다. 어디까지 말했더라? 아참, 제가 2년간 운전을 정말 잘 했었거든요? 큭큭, 그런데 지난 삼 년간 사고를 엄청나게 내버렸답니다. 큭큭큭⋯⋯."

기사가 웃으며 사내의 무릎을 쳐대니 핸들이 또저 혼자 움직인다. 속도계를 보니 120을 달리고

있다. 당황한 사내가 저도 모르게 '아 예에' 대답
하자 기사의 오른 손이 다시 핸들 위로 올라갔다.
'최대한 빨리 대꾸를 해줘야 하는 구나!' 사내는
기합이 바짝 들어 기사를 응시했다. 술기운은 이미
저만치로 달아났다.

"아참 손님, 제 오른쪽 다리 있잖아요? 이거 의
족이랍니다. 한 번 만져보실래요?"

기사가 핸들에서 또 손을 놓고 자신의 다리를 콩
콩 두드렸다.

"네? 아뇨, 괜찮습니다!"

사내가 다급히 대꾸했다.

"에이 참, 사람 민망하게 거리 두시기는……."

기사가 면구스럽다는 듯 오른손으로 턱을 쓰다
듬자 핸들이 또 홀로 움직인다.

"저! 저기, 왼쪽 손도 의수인가요?"

당황한 사내가 재빠르게 말을 붙였다. 자신이 뭐
라고 지껄이고 있는 건지 알 수 없었으나 다행히
기사의 손이 다시 핸들 위로 올라갔다. 대꾸를 재
깍재깍 해줘야 핸들 위에 손을 놓는 인간이었다.

"손이요? 아뇨? 손은 양쪽 다 제 손이예요, 하하

설은영

■

93

하!"

기사가 양손을 허공에 들어 반짝반짝 털어보이
자 다시 핸들이 혼자 움직인다. 속도는 여전히
120이다. 사내는 점점 심해지는 멀미에 헛구역질
을 느꼈다. 그래도 정신 바짝 차리고 기사의 말에
재까닥 대꾸를 해야 한다. 3시 40분, 택시는 이미
외곽으로 빠져버려 하차할 기회도 놓치고 말았다.
위독한 아내가 자신을 애타게 기다리고 있을 것을
생각하니 함부로 시간을 축낼 여유도 없다.

"어이구 안개가 낀 것도 아닌데 이렇게 캄캄할까
요? 거 전기세 얼마나 한다고 가로등을 싹 다 꺼놓
고 말이지…… 이거 한 치 앞도 안 보이는데 계속
이렇게 달려도 되려나 모르겠네요. 길이 아직 꽝꽝
얼었는데?"

"뭐라구요? 헤드라이트가 고장 났나요?"

"어? 아뇨? 아 맞다 헤드라이트 생각을 못 했네.
하하 제가 이렇다니까요."

사내는 안전벨트를 바짝 조여 매고 곁눈질로 기
사를 노려봤다. 처남에게 전화를 해볼까 잠시 고민
했지만 기사의 손이 수시로 핸들을 벗어나는 바람

에 그럴 경황이 없었다. 그는 애꿎은 핸드폰만 아내의 생명줄인 양 부서져라 거머쥐고 기사를 계속 감시했다.

"춘천에는 거두리 낚시터가 유명하죠? 저도 한때 강태공 노릇 좀 했죠. 운동화 하면 나이키, 낚시터 하면 또 춘천이죠? 나이키가 낚싯바늘 하나는 기막히게 만들었잖아요. 안 그래요?"

이건 또 무슨 개소린가. 사내는 앞뒤 생각할 것도 없이 아무렇게나 추임새를 넣으며 시한폭탄을 품은 사람처럼 시계를 계속 체크했다. 삼십 분만 더 가면 춘천터미널이니 그곳에서 택시를 갈아타면 된다. 그러나 그때! '끼이이이익!' 갑작스러운 괴음이 사내의 고막을 가격했다. 빙판길을 달리던 차가 갑자기 미끄러져 날카로운 비명을 내지른 것이다. 식겁한 사내가 창밖을 살펴보니 어지럽게 요동치던 택시는 어느 새 제자리에 안착해 있었다. 남자는 뜨거운 한숨을 훅 내쉬며 기사를 살폈다. 그는 어이없게도 의기양양한 카레이서처럼 윙크를 해보였다. 끓어오르는 혈압에 뒷목을 잡은 사내가 기사에게 뭐라고 고함을 치려는 찰나, 핸드폰에서 진동이 울렸다. 사내는 신경질적으로 내용을 확인했다. '누나 체온이 40도 넘어 갔어요. 빨리 오세요 매형' 사내의 목울대에서 찌르르한 고통이 느껴지더니 눈 밑이 더욱 까매졌다. 사람의 체온이 40도가 넘어 가면 뇌가 삶아진다고 하지 않았나? 그간 열심히 시청했던 의학드라마 내용을 더듬어 보았으나 딱히 쓸모 있는 정보가 없다. 사흘 전에 신종플루로 사망한 30대 남자가 불현듯 떠올랐다. 그의 가족들도 지금의 나와 같았을까. 사내는, 휘파람을 불며 한 손으로 운전 중인 기사를 노골적으로 쳐다봤다. 좀 전에 차가 전복될 뻔했던 일은 아득한 과거인 양 해맑은 표정이다. 사내의 입술이 바짝 타들어갔다. 아무래도 이상하다. 멀쩡했던 아내가 갑자기 신종플루에 덜미를 잡혀 생사의 기로에 놓였다니, 뭔가 비현실적이다. 그리고 택시기사도 현실 속의 사람 같지가 않다. 어쩌면 나는 이미 죽은 것이 아닐까? 택시를 잡으려고 대로로 뛰쳐나오는 순간 그대로 즉사했는지도 모른다. 현실을 직시하자 숨죽이고 있던 딸꾹질이 다시 튀어나왔다. 사내는 백미러를 뚫어져라 쳐다보며 기사의 이

마를 응시했다. 저승사자의 이마에는 특이한 문신이 새겨져 있다는 소릴 들은 적이 있다.

"헤헤 손님, 제 얼굴에 뭐 묻었습니까? 아까부터 자꾸 보시네?"

"아저씨…… 이마 좀 봅시다……."

"에이, 제가 고추는 보여드릴 수 있는데 이마는 절대 안 됩니다, 무척 못 생겼거든요, 헤헤."

"……이마 좀 보자니까!"

딸꾹질을 하던 사내가 갑자기 안전벨트를 풀고 기사에게 달려들어 그의 앞머리를 사납게 쓸어 올렸다. 그리고 그대로 암전됐다.

몇 분쯤 흘렀을까, 사내가 눈을 떠 운전석을 바라보니 기사가 제자리에 없었다. 그리고 바깥 어디선가 희미한 콧노래가 들려왔다. 고개를 겨우 돌려 창밖을 바라보니 캄캄한 야산이다. 산자락 밑에서 시커먼 장승 같은 것이 소변줄기와 함께 몸을 부르르 떨더니 이내 사내를 돌아봤다. 앞지퍼도 채우지 않은 기사가 이빨을 잔인하게 드러내며 웃는다. 그의 손에 들린 시퍼런 낫을 바라보며 사내는 어렴풋

이 절망감을 느꼈다. 바지춤에서 핸드폰이 계속 울렸지만 사내는 몸을 꼼짝도 할 수 없었다. 기사가 건네준 껌을 먹은 것이 사단이었을까. 허브맛 껌에서 어쩐지 세제냄새 같은 것이 난다 했다. 사내의 시선이 허겁지겁 기사의 신상란을 훑었다. 캄캄해서 잘 보이지 않지만 아무래도 놈의 얼굴이 아니다. 기사가 트렁크를 열어 무언가 실으니 차가 덜컹 흔들린다. 트렁크에 사체라도 실고 다니는 걸까, 놈이 앞쪽으로 저벅저벅 걸어오는 소리가 들린다. 아까 눈이 마주쳤으니 자는 체 하기엔 이미 늦었다.

"손님, 정신이 좀 드세요? 갑자기 그렇게 벨트를 풀면 어쩝니까? 에고 머리통 깨진 데 아프시겠네. 자 이것 좀 상처에 대고 문지르세요. 요게 도꼬마리 뿌린데요, 아직 땅속에 숨어 있는 거를 캐가지고 또랑에 씻어 짆었어요. 아마 직방일 겁니다. 머리에 대고 있으세요, 이 언덕 지름길로 가면 성심병원 금방이니까요."

사내는 축축한 식물 뭉텅이를 이마에 대고 큼큼한 냄새를 잠시 견뎠다. 그랬더니 정말로 택시가

병원 응급실 입구에서 정확히 서는 거였다. 남자는 택시비를 지불하고 쇳덩이 같은 다리를 억지로 끌어당겨 차에서 내렸다.

응급실 안으로 들어서니 전광판에서 아내의 이름이 번쩍였다. 사내는 전광판이 안내하는 숫자의 침대로 발걸음을 뚜벅뚜벅 옮겼다. 그러나 침대는 텅 비어 있었다. 이름표가 붙어 있는데도 새하얀 시트만 불길하게 깔려 있을 뿐 아내의 모습은 보이지 않았다. 바로 옆 침상에는 몇 초 안에 곧 죽을 것 같은 깡마른 노파가 가쁜 숨을 몰아쉬었다. 사내는 아내의 침대 밑에 떨어져 있는 까만 털장갑 한 짝을 발견했다. 아내가 십 년째 고집스럽게 사용해온 낡은 장갑이었다. 사내는 장갑을 주우려다 말고 그 자리에 털썩 주저앉았다. 응급실 인턴 한 명이 그를 발견하고는 재빨리 다가왔다.

"괜찮으십니까? 눈에 열이 가득 차 있는데요, 신종플루 검사하러 오셨습니까?"

젊은 의사가 걱정 섞인 목소리로 물었다.

"아내는…… 어디에 있습니까……."

"아…… 환자분의 남편 되시는군요. 계속 기다

리셨는데……. 열이 40도 가까이 올라가서 많이 힘들어하셨습니다. 신종플루 간이검사를 했는데 양성으로 나와서 정밀검사를 했구요, 피검사랑 소변검사를 한 후 가슴촬영도 했습니다. 제 소견으로는 신종플루가 아닌 것 같아서 처치 후에 좀 더 경과를 보자고 했는데…… 환자분이 겁이 많으셔서 원하시는 대로 정밀검사를 모두 해드렸습니다. 그래서 병원비가 많이 나온 모양입니다. 사실 신종플루라고 해도 대부분 약 먹고 쉬면 낳기 때문에 그렇게까지 정밀검사는 안 해도 되거든요. 저희 병원 직원들도 신종플루 확진 받고도 다들 출근하는 걸요……."

택시기사가 의사의 몸으로 빙의된 걸까, 사내는 상대의 말을 이해하기 힘들었다. 그때 응급실 문쪽에서 수선스러운 소리가 났다.

"아니 글쎄 해열제만 놔주면 될 거를 별별 검사를 다 해서 이렇게 된 거잖아요! 감기 좀 걸린 거 가지고 38만 원이라니, 말이 된다고 생각하세요?"

"누나 이러지 마, 검사를 우리 쪽에서 해달라고 했잖아……."

"넌 좀 조용히 안 해?"

사내는 눈을 끔벅이며 아내와 처남을 바라봤다. 앞뒤 안 재고 바득바득 우기는 폼을 보니 와이프가 틀림없었다. 순간 다리에 힘이 풀리고 머리에서 통증이 느껴졌다. 사내는 아내의 침대 위로 몸을 쓰러뜨려 자신의 뜨거운 얼굴과 목을 만졌다. 소란을 피우는 아내에게 한 마디 하려는데 목구멍이 퉁퉁 부어 소리가 안 나온다. 무거운 눈꺼풀을 가까스로 열어두려니 초점이 서서히 흐려졌다. 저만치에 까만 외투를 입고 서 있는 아내의 모습이 시커먼 저승사자처럼 희미하게 어른거린다. 팔을 축 늘어뜨리고 눈을 감으니 콧구멍에서 미농색 물이 줄줄 흘러내린다. 젊은 의사가 다급히 달려와 사내의 이마를 짚으며 뭐라고 소리쳤지만 사내는 아내의 요란한 목소리 외에는 아무 것도 듣지 못했다. ✻

설은영
■

손보미의 피코트에 대한 말, 나는 잘 모르겠다

피코트

손보미

독자에게 | 서로를 백 퍼센트 이해할 수 있는 그런 세계에 살고 있다면 우리가 정말 미친듯이 행복할까? 미움도, 슬픔도, 고통도 모두 사라져 버릴 수 있을까? 아니, 당신도 알겠지만, 서로를 백 퍼센트 이해할 수 있는 그런 세계에서는 '진짜' 관계란 건 하나도 존재하지 않을 거야. 관계는 항상 그랬듯이, 우리가 서로를 완벽하게 이해할 수 없다는, 그 절망적인 사실에서부터 생겨나는 것이니까. 우리에게 미움도, 슬픔도, 고통도 없다면, 우리가 서로를 이해한다는 사실이 대체 무슨 의미가 있 겠어? 그러니까, 이제 그만 울어. 응?

약력 | 2009년 봄 『21세기문학』 신인상, 2011년 『동아일보』 신춘문예 당선.
e-mail:shoutspring@naver.com

피코트

늦은 오후, 나와 내 여자 친구는 동네의 작은 카페에서 커피를 마시는 중이었다. 원래는 영화를 보러 시내로 나갈 생각이었는데, 갑자기 눈이 내리기 시작했기 때문에, 그런 마음이 싹 사라지고 말았다. 그녀는 커피를 마시면서 어떤 아이들에 대한 이야기를 시작했다.

여자애는 작은 제과점에서 아르바이트를 하기로 했어. 그것도 어렵게 구한 자리였지. 그 애는 아마, 스무 살, 스물한 살 정도였던 것 같아. 오후 두 시부터 가게가 문을 닫는 시간까지 일했는데, 그 시간에 함께 일을 하는 아르바이트생 한 명이 더 있었어. 여자애보다 한두 살이 더 많은, 빵을 만드는 일을 하는 남자애였어. 사실 그리 대단한 일은 아니었어. 정확하게 말하자면 직접 빵을 만드는 것도 아니었지. 본사에서 보낸 케이크 시트에 생크림이나 초콜릿을 바르고 과일이나 인형으로 장식을 하거나, 역시 본사에서 보낸 숙성된 빵 반죽에 소시지나 야채를 끼워서 오븐에 구워내는 일 따위를 했지. 별일 아니었지만 그렇다고 마냥 쉬운 일도 아니었어. 제과점에 진짜 제빵사가 없다는 사실이 놀랍지 않아? 그래도 남자애는 항상 요리사 모자를 쓰고 일했지. 그 모든 조건에도 불구하고 남자애는 자신이 진짜 제빵사라고 생각한 거야. 웃기지 않아?

아니, 별로. 웃기지 않은데.

그래? 난 자기가 이런 거 웃기다고 생각하는 줄 알았는데 말이지..

이런 게 뭔데?

아냐, 됐어. 여하튼 그 애들은 제대로 이야기를 나눠본 적이 없었어. 함께 일을 한 지 석 달이 지났어도 인사나 겨우 할 정도였을까. 남자애는 카운터 뒤쪽에 붙어 있는 주방에서 거의 나오지 않았고, 여자애는 거기에 들어가 본 적이 없었지. 하긴 여자애가 거기에 들어갈 일이 뭐가 있었겠어. 손님이 오지 않는 한, 제과점은 아주 조용했지. 제과점 문을 닫을 시간이 다가오면 여자애는 그때까지도 팔리지 않은 빵을 여러 개 묶어서 봉지에 넣는 일을 했어. 여자애는 그 일을 아주 싫어했지.

왜?

글쎄, 왜 그랬을까?

그 날은 정말 추운 날이었어. 얼마나 추웠냐하면, 사람들이 외출하기를 꺼려해서 평소보다 손님이 훨씬 더 없을 정도였어. 여느 날처럼, 늦은 시간, 여자애는 남은 빵을 여러 개 묶어서 봉지에 넣는 일을 하고 있었어. 손님이 별로 오지 않은 날이라 남은 빵이 더 많았지. 그러다가 문득 여자애는 제과점 구석 바닥에 무언가 떨어져 있는 것을 발견했던 거야. 그게 뭐였는 줄 알아?

내가 알 리가 없잖아. 그게 뭐였지?

남성용 피코트였어. 여자애는 그걸 들고 약간 엉거주춤하게 서 있었어. 잠시 고민했지. 그리고 주방을 향해 무언가를 말했어. 남자애는 듣지 못한 것 같았어. 여자애는 잠시 더 고민하다가 이렇게 말했지.

"저기요!"

남자애가 행주에 손을 닦으면서 주방 밖으로 얼굴을 내밀었어

"누가 이걸 두고 갔어요."

남자애는 주방 밖으로 나왔지. 여자애는 그걸 남자애에게 건네주었어. 남자애는 피코트를 양손으로 들고 이리저리 아주 유심히 살펴보았어. 마치 탐정이 증거품을 살펴보듯이 말이야.

"흠…… 코트네."

여자애는 "이건 평범한 코트가 아니에요." 하고 말하면서 피코트를 남자애의 손에서 가로챘어. 그리고 남자애에게 옷의 라벨을 보여주었지. 거기에는 이렇게 적혀 있었어. *Burrberry Prorsum.* '버버리 프로섬' 알지?

응, 알아.

여자애도 그게 뭔지 알고 있었던 거야. 여자애는 이렇게 말했어.

"이거 엄청 비싼 거예요. 이런 걸 진짜로 내 눈앞에서 보게 될 줄 몰랐어요."

여자애는 감격한 듯 피코트를 품에 꼭 껴안았어. 일 분쯤 그렇게 있은 후에 피코트를 소중하게 반으로 접어서 자신의 팔에다 걸었지. 하지만 남자애는 별로 관심이 없는 것처럼 보였어. 왜냐하면 "그렇게 비싼 물건이라면 아마 주인이 찾으러 오겠죠." 하고 말하고는 다시 주방으로 들어가버렸거든.

남자애가 주방으로 사라진 후, 여자애는 문득 이상한 생각에 사로잡혔어. 그건, 정말 이상한 생각이었지. 여자애는 그 생각을 떨쳐내려고 조용한 제과점 한 가운데에 우두커니 서 있었어. 버버리 프로섬의 피코트를 팔에 건 채로 말이야. 오래 동안 서 있었지. 얼마쯤 시간이 지났을까. 남자애가 주방에서 나왔어. 오른손에는 생크림이 잔뜩 올려진 조그만 케이크 한 접시를 들고 말이야. 그들은 제과점 구석에 놓인 테이블을 사이에 두고 앉아서 케이크를 함께 나눠 먹었어. 하지만 아무런 이야기도 나누지는 않았어. 여자애는 눈물이 날 것 같았지.

"오빠, 이 피코트 한번 입어 봐요."

케이크를 거의 다 먹었을 때쯤, 여자애가 말했어. 그리고 "오빠라고 불러도 되죠?"라고 물었단 말이야. 남자애는 무표정하게 여자애를 쳐다보다가 냅킨으로 손을 깨끗하게 닦았어. 그리고 피코트를 걸쳐보았지.

"한번 일어나 봐요."

남자애는 순순히 일어났어. 놀랍게도 피코트는 바로 그 남자애를 위해 만들어진 것 같았어. 그만큼 남자애의 몸에 꼭 맞았던 거야. 그냥 치수나 기장이 맞았다는 게 아냐. 옷의 미묘한 부분들, 이를테면 옷의 어깨 부분은 마치 맞춤옷처럼 남자애의 어깨와 밀착된 듯이 보였고, 라펠의 크기는 아주 적당했어. 무엇보다, 전체적인 라인이 정말 좋았어. 가슴 부분은 딱 붙지 않으면서도 날렵한 느낌을 주도록 남자애의 몸을 감쌌지. 허리 라인이 아주 근사하게 잡혀 있어서 남자애의 몸매가 잘 드러나도록 했어. 남자애는 좁은 매장을 천천히 걸어다녔어. 마치, 그래, 런웨이의 모델처럼. 매장을 한 바퀴 돈 남자애는 피코트를 벗어서 여자애에게 건네주었어.

"그냥 입고 있어도 좋을 텐데."

"이거 내 옷이 아니잖아요."

"반말해도 되는데."

남자애는 그냥 웃기만 하다가, "케이크 더 먹을래요?" 라고 물었어. 여자애는 고개를 가로저었어. 곧 있으면 제과점 문을 닫을 시간이었고, 아까도 말했지만, 너무 추운 날이어서 더 이상 손님이 올 것 같지도 않았어. 그들은 그냥 테이블에 좀 더 죽치고 앉아 있기로 했어.

"놀랐어요."

여자애의 말에 남자애는 무슨 의미냐는 의도로 여자애의 얼굴을 쳐다보았지.

"피코트가 그렇게 잘 어울리기도 쉽지 않거든요."

"그래요?"

"네. 저는 피코트 때문에 헤어진 사람들의 이야기도 알아요."

여자애는 이야기를 시작했어.

그건 어떤 연인에 대한 이야기였어. 아주 사이가 좋고, 서로를 정말 사랑하는 그런 연인 말이야. 어느 날, 여자가 남자에게 코트를 한 벌 선물하기로 했대. 그들은 함께 백화점에 가서 마음에 쏙 드는 코트를 발견했는데, 직원이 다가와서 그게 피코트라고 이야기해줬지. 그리고 남자에게 한번 걸쳐보라고 권유했어. 여자는 남자가 그걸 입어볼 필요도 없다고, 그럴 정도로 멋진 코트라고 호들갑을 떨었지만, 불행하게도 곧 자신의 생각이 완벽하게 틀렸다는 걸 알게 되었어. 피코트를 입고 자신을 향해 돌아선 남자를 봤을 때, 여자는 엄청난 사실을 알게 되어버린 거야. 그게 뭐였냐 하면, 남자의 머리가 너무 크다는 사실이었지.

그럼 그 여자는 그 때까지 그런 걸 몰랐다는 거야?

여자애가 여기까지 이야기 했을 때, 남자애도 자기랑 똑같은 질문을 했어. 여자애는 이렇게 대답했어.

"글쎄요. 피코트의 라펠은 입는 사람의 얼굴을

부각시킬 수 있거든요. 원래 남자의 머리가 그리 작은 편은 아니었는데, 여자가 그걸 미처 깨닫지 못하고 있었다가 피코트를 입은 걸 보고 그제야 알았을 수도 있겠죠."

"말도 안 돼."

남자애가 말했어. 하지만 여자애는 별로 개의치 않고 이야기를 계속 했어.

"남자는 여자가 어떤 생각을 하는지 꿈에도 몰랐어요. 더 비극적이었던 건, 남자는 그 피코트가 엄청 마음에 들었다는 사실이었어요. 하지만 여자는 남자에게 사실을 이야기할 수 없었어요. 남자에게 맞장구를 쳐주며 정말 잘 어울린다고 말할 수밖에 없었죠. 그 후로 남자는 데이트를 할 때마다 피코트를 입고 나왔어요. 여자는 남자의 얼굴 크기가 혐오스럽다고 생각할 지경이 되었고, 그토록 큰 머리를 하고 나다닐 수 있는 남자가 용감하다는 생각까지 하게 됐죠. 결국 여자는 이러저런 핑계를 대며 남자를 피하기 시작했어요."

"그래서 결국 헤어졌다는 이야기?"

남자애가 물었어.

"아뇨, 여자는 그런 이유로 남자와 헤어질 수는 없다고 생각했어요. 너무 웃기잖아요. 얼굴이 너무 커서 헤어진다는 게 말이에요."

"잠깐, 그런데, 이거 누구 아는 사람 이야기예요?"

여자애는 웃음을 참으며 고개를 흔들었어.

"아뇨, 사실은 얼마 전에 소설책에서 읽은 거예요."

"소설도 읽어요?"

"왜요? 나는 소설도 안 읽을 것처럼 생겼나?"

"아뇨, 미안, 그런 뜻이 아니라……"

"알아요, 알아. 나도 진짜 어쩔 수 없는 상황에서 읽은 거예요. 사실 저 소설 같은 거 안 읽어요."

여자애가 손사래를 치며 웃었어. 그리고 계속 이야기를 이어나갔지.

"어쨌든 여자가 더 이상 약속을 피할 핑계를 만들어낼 수 없었을 때, 그래서 어쩔 수 없이 남자와 다시 만나게 되었을 때, 여자는 남자의 머리 크기가 좀 달라졌다는 걸 알게 되었어요."

"더 커졌어요?"

손보미

"아뇨, 그 반대에요. 더 작아졌어요."

"다행이네요."

"처음에는 여자도 그렇다고 생각했죠. 그런데 진짜 문제는 그 다음부터였어요"

"또 문제가 생겼어요?"

"이번에는 남자의 머리가 자꾸 자꾸 작아지는 거였어요. 딱 보기 좋을 때까지만 작아졌다면 좋았을 텐데, 남자의 머리는 끝도 없이 작아지기만 하는 거였어요. 하지만 정말 이상하게도 주위 사람들이나, 심지어 남자 자신도 그 사실을 깨닫지 못했어요. 자꾸 자꾸 작아져서 머리가 없어질 지경이 되었는데 말이죠. 여자는 괴로웠어요. 그걸 멈추고 싶었죠. 그러다가 문득, 그게 자신 때문이라는 걸 깨달았어요."

"여자 때문에 남자 머리가 작아지는 거라고요?"

"응, 논리적인 설명을 할 수는 없었지만, 여자는 그게 자신 때문이라는 확신을 하게 되었어요. 그래서 여자는 결국 남자에게, 남자를 위해 헤어지자는 말을 할 수밖에 없었어요. 여자는 마음이 아팠죠. 하지만 그게 남자를 위한 일이라고 생각했어요."

"이거 진짜 소설이에요?"

"네, 웃기죠? 나도 이거 읽고 무지하게 웃기다고 생각했어요."

"뭐, 이런 이상한 소설이 다 있어요?"

"이상하다고 느낄 수도 있지만, 적어도 우리들이 마음에 새겨야만 할 교훈은 하나 있죠."

"그게 뭐죠?"

"피코트를 함부로 입지 말자. 사람들은 흔히 피코트는 누구에게나 잘 어울리는 아이템이라고 생각하지만, 그래서 아무나 막 입고 다니지만, 실제로 그렇지 않다는 거예요. 피코트가 잘 어울리는 사람을 만나는 건 정말 어려운 일이라고요."

여자애는 이렇게 말하고 곧 덧붙였지.

"하지만, 오빠는 피코트 마음껏 입어도 될 거 같아요. 이 코트의 주인은 어떨지 궁금한데요? 피코트 주인이 오면 이걸 찾아준 대가로 우리 앞에서 한번 입어달라고 하면 좋겠어요."

피코트 주인은 피코트를 입을 자격이 있는 사람이었나?

내가 물었다.

글쎄. 사장님이 제과점에 결산하러 들렀을 때까지도 피코트 주인은 오지 않았고, 제과점의 셔터 문을 닫을 때까지도 피코트의 주인은 오지 않았어. 평소라면 뒷정리를 끝내고 여자애는 전철역으로, 남자애는 버스정류장으로 향했겠지만, 이번에는, 사장님이 자가용을 타고 저 멀리 사라진 이후에도, 영업이 끝난 제과점 앞에 함께 서 있었지. 여자애의 손에는 피코트가 들려 있었고. 그 애들을 얼어붙게 만들 정도 차가운 바람이 불어왔고, 몇몇의 사람들이 마지막 버스나 전철을 놓치지 않기 위해 성큼성큼 걸어갔어. 도로 위로는 자동차가 미끄러지듯이 사라져갔지. 모든 것들이 저무는 시간이었어. 하루가 끝나는 쓸쓸한 때지.

"피코트 주인이 오고 있을지도 몰라요."

여자애가 씩씩한 목소리로 말했어. 남자애는 눈이 내린다면 좋겠다고 생각했고, 그리고 여러 가지 생각을 좀 더 한 후에 여자애를 쳐다보며 말했어.

"뭐 하나 물어봐도 돼?"

"어? 이제 반말하시네."

여자애가 이렇게 말하며 고개를 끄덕거렸어.

"뭔데요?"

"나랑 결혼해 줄래?"

여자애는 영문을 모르겠다는 표정으로 남자애를 쳐다보았어. 그 애들은 아주 잠시 동안 아무말 없이 서로를 바라보았지. 코트 깃을 세운 남자 한 명이 그들을 지나쳐가고, 파란색 자동차 한 대가 도로 끝으로 사라져 갔어. 이윽고 여자애가 입을 열었어.

"농담이 지나치시네."

"농담 아니고. 정말로, 진심으로 묻는 거야."

여자애는 어떻게 대답해야 할지 몰라서 고개를 푹 숙이고 있었어. 뭐랄까. 그냥 안 돼요, 라고 말할 수가 없었어. 왜 그런지 모르지만 그냥 그렇게 거절할 수가 없었어. 그러면 안 될 것 같았어. 그러다 문득 여자애는 자신의 팔에 걸려 있는 피코트를 발견했지. 여자애는 고개를 들어 남자애를 바라보았어.

그리고 이렇게 말했지.

"그럼, 우리 이렇게 해요. 이 피코트의 주인이 돌

아오면, 우리는 내일 당장 결혼하는 거예요. 만약 피코트 주인이 돌아오지 않으면. 그 뒤는 내가 말 안 해도 알죠?"

내 여자 친구는 여기까지 말하고 창밖을 바라보 았다. 그녀는 수입 화장품 회사에서 꽤 오래 일했고, 지금은 높은 직급에 있으며 많은 돈을 번다. 삼 년 전에 이혼했는데, 전남편이나 결혼생활에 대해 서는 이야기한 적이 없다.

뭐야, 이게 끝이야?

이야기는 여기서 끝이지만,

그녀는 창밖에서 시선을 떼지 않고 말했다.

이게 모든 일의 시작이었지.

그 애들이 누구야?

내가 물었다.

나도 몰라. 우습지만, 나도 몰라. 나도 그냥 들은 이야기야. 그 후로는 나도 그 애들이 어떻게 되었 는지 몰라.

누구에게 들은 이야기야?

그녀는 아무 대답도 하지 않았다. 나는 다시 물

었다.

창밖에 뭐가 보여?

아니, 아무것도.

나는 그녀의 결혼생활이나 전남편에 대해 궁금
해한 적이 없다. 하지만 언젠가는 그런 것들이 궁
금해지는 순간들이 올 것이다. 분명히 그럴 것이
다. 하지만, 그 때가 되더라도, 내가 그녀에게 무엇
을 물어봐야 하는지 나는 잘 모르겠다. ✴

안준우의 벌을 쫓아가는 아이는 별을 노래하는 아이다

2011
신춘문예 당선자 새소설

마지막 콘서트

안준우

독자에게 | 쓰기 위해 존재하든지, 존재하기 위해 쓰든지. 아니면 그냥 재미삼아 써 보든지. 그러다보면 언젠가 이 글을 읽고 있을 당신, 혹은 그들의 원소 깊은 곳까지 내려가 작은 집 하나 짓고 살아가는 데 성공할지도.

약력 | 2011년 『매일신문』 신춘문예 단편소설 당선. 소창동사람들 동인.
e-mail : sales@amskorea.net

마지막 콘서트

　그의 밴드이름은 '서울본사'이다. 이 웃기는 이름은 둘째로 치더라도 밴드라고 해봐야 멤버는 고작 세 명이었다. 리드기타의 승재아저씨와 드럼을 치는 망치삼촌, 보컬인 그가 전부이다. 승재아저씨는 삼촌과 함께 아파트 현장에서 목수 일을 하는 친구이다. 그는 이들과 같은 동네에 죽 살았는데, 삼촌에 따르면 이십 년 전 포장마차에서 술을 마시다 의기투합하여 밴드를 결성했다. 술김에 만든 밴드답게 월 팔만 원짜리 지하연습실의 작은 무대는 벽돌로 짠 틀에 소주박스를 깔고 부직포를 덮어 만들었다. 연습을 마치고는 자주 얼큰해질 때까지 술을 마셨다. 그 당시, 나로 말하자면 기저귀를 차고 아직 자음과 모음도 못 굴리며 엉금엉금 기어다니고 있을 때였다. 이십 년은 긴 세월이다. 서울본사 멤버들 서로의 증언을 미루어 망치삼촌의 스틱은 드럼통의 울림을 오래 전에 이해했고, 승재아저씨의 애드리브와 스트로크는 시내의 나이트클럽에서 10시만 되면 공연하는 딴따라 팀의 리드기타보다 훨씬 나았다. 기껏 푼돈이겠지만, 음악으로 밥벌이를 하는 딴따라보다 실력이 좋다는 건 대단한 일이긴 하다. 아니, 어쩌면 이십 년 동안 합주를 했다는 사실을 보면 당연한 것인지도 모르겠다. 어쨌건 이십 년이다. 강산이 두 번이나 변하고 그들의 실력이 늘어가는 사이, 곤고한 삶의 질곡은 그의 이마에 참호 같은 깊은 주름을 파 놓았다. 내가 기억하는 그의 세월은 처마 끝에 매달린 고드름처럼, 차가우면서 위태위태했다. 그럴수록 그의 성대는 락 rock과는 어울리지 않게 락lock되어져 고음에서는 칼바람에 문풍지 떠는 소리가 났다. 먹고 사는 문제에 관한 한 그의 옥타브는 자꾸만 낮아졌고, 그는 참호 속에 웅크리고 앉아 마이크를 잡으며 겨우

버렸다. 참호 위로는 영업과 실적압박의 포탄이 날아들고, 가끔 고통분담의 이름으로 감봉의 수류탄이 참호 안으로까지 날아들었지만, 그는 마이크를 끝까지 놓지는 않았다. 그렇다고 삶의 궁핍함을 전율하는 감정의 목소리로 승화시킨다거나, 비슷하게라도 하지는 못했다.

공연은 매년 두어 번씩 가졌는데, 공연을 한 달 정도 앞두었을 때부터 그는 늘 아침에 날달걀을 감칠맛 나게 쪽쪽 빨아 먹었다. 공연이라고 해봐야 아는 사람 몇 명 불러다 놓고 연습실에서 하는 것이었지만, 그는 진지했다. 달걀판이 쌓이는 동안 나도 훌쩍 자라고 있었다. 왼쪽 가슴에 손수건을 달고 초등학교에 입학했다가 어느새 손수건이 달렸던 곳에 자리한 교복 와이셔츠의 주머니에 디스한 갑을 넣고 당구장을 누볐다. 되돌아보면 설핏 낮잠 한 숨 자다 일어난 시간 같았는데, 나는 훌쩍 자라 있었고, 어느 날부터 성장을 멈추었다. 요컨대, 내 성장곡선은 30알들이 달걀판의 높이와 비례하다가 어느 순간, 달걀판은 저 혼자만 계속 높

아져 가고 있었다. 내가 군대에 2년 반을 있을 동
안에도 공연이 계속 되었음을 난 조금 더 높아진
달걀판을 보고 알았다. 그러니까 그는, 꽤 검질기
게 달걀판을 쌓고 있었던 셈이다. 삼십 촉 전등의
어스레한 지하실에서 세 마리의 두더지처럼 깽깽
거리다가 정기적으로 사람들을 모아놓고 공연을
했다는 것은, 그들을 잘 아는 나로서는 경이로운
일이기는 하다. 내가 아는 그들은 모두 치명적으로
내성적이거나 개인적이었고, 게으르기까지 했으니
말이다.

　내가 진짜로 놀랐던 것은, 그가 「더 위대한 탄
생」에 나갔다는 일이다. 20년도 더 된, 결혼하기
전에 샀다는 검정색 가죽잠바를 입고 방송국에 나
타났을 그를 생각하면 무엇을 하고 있건 간에 쿡
하는 웃음이 절로 비어져 나왔다. 승재아저씨가 증
언하지 않았다면 나는 이 사실을 몰랐을 것이다.
삼촌과 승재아저씨의 증언이 서로 약간 다르긴 했
지만, 그가 이성철에게 쫓겨났다는 증언은 같았다.
증언이 다른 부분은 과연 노래 몇 소절에서 이성철

이 고개를 저었나였다. 그 후, 그의 처절했을 반응은 그들도 알지 못한다. 한번만 더 기회를 달라며 완강하게 버텼던 그를 차마 더 못 보고, 그들은 먼저 관람석을 빠져 나왔다고 했다. 어느 술자리에서 이 이야기는 다시 나왔는데, 승재아저씨의 새로운 증언에 의하면 문을 열고 나갈 때 마지막으로 본 그는 무릎을 꿇고 있었다는 것이다. 낡은 가죽잠바를 입고 희끗희끗한 머리를 숙이며 이성철 앞에서 무릎을 꿇고 있을 그의 모습에서 나는 비 맞은 두더지가 떠올랐다. 고소했다. 그에겐 지상의 화려한 조명이나 환한 햇살보다는 지하실의 어둠이 더 어울렸다. 그가 기회를 얻어 한 번 더 노래를 불렀는지에 대해서는 아무도 몰랐다. 나중에 그에게 「더 위대한 탄생」에 나간 이유에 대해 한 번 물어보았다.

"서울에서 하잖아."

서울이, 그러니까 내게는 천만 명이나 되는 사람들과 부대끼며 아침마다 줄줄이 비엔나 소시지 같은 지하철을 타야 하는 곳이, 그에게는 언제고 한

번은 밟아야 할 선망의 땅이라는 것에 난 실소했다. 그가 밴드 이름을 '서울본사'로 지었을 때, 한 번도 본사로 발령을 못 받은, 변방의 만년 부장으로 사그라지는 그 자신에 대한 자위라고 나는 생각했다. 내가 알기로, 매일 출근하자마자 그가 제일 먼저 하는 일은 김이 모락모락 피어오르는 일회용 커피 잔을 책상에 놓고 본사에 출근 보고를 한 후 그날 업무를 지시받는 것이었다. 이십 년 동안 그랬을 것이니, 서울로, 서울로 향하는 그의 로망을 영 이해 못 할 바는 아니다. 그렇다고 해도, 그가 나에게 야심찬 프로젝트에 대해 털어놓았을 땐 헛웃음이 났다. 몹시 추웠고 바람이 심하게 부는 날 저녁, 그들은 묵은 눈이 쌓인 집 앞의 실내포장으로 날 불러냈다. 괜찮다는데도 기어이 내 잔에 소주를 채우고는 그는 근엄하게 말했다.

"베이스 딱 함만 해도."

해도. 란 말미에 살짝 힘이 실려 그의 고개도 종이비행기처럼 가볍게 올라가며 내 눈을 쳐다봤다. 적어도 지나간 기억 속에 그가 내게 청유형의 어미로 끝을 맺은 적은 없었다. 첫 경험의 알싸했던 기분 같은 것이 잠시 심장을 툭 치며 지나갔고, 잠시 으쓱해졌다. 나머지 멤버들의 눈망울도 동시에 나를 향해 간절한 빛을 쏘아 보냈다. 자리를 박차고 나왔어야 했지만, 그만 타이밍을 놓쳐버려 아이~씨~만 연발하며 머리털만 쥐어뜯었다. 대신 내가 묻는 질문 한 가지에 솔직하게 답하면, 베이스를 이번 공연만 한시적으로 맡겠노라고 약속하고, 소주잔을 털어 넣었다. 방금 넘긴 알코올이 위장에 도착하기도 전에 그는 오케이라고 답했다. 간단명료하게 신속한 인생이다. 그 간단명료하고 신속하게 살아온 인생 때문에 주변 사람들은 복잡다단하게 살아왔다. 이십 수년 동안 그를 지켜본 나로서는 무수한 질문들이 순식간에 생겨났다. 그것은 욱~하는 격한 감정이 아름찬 줄기로 자라나 수많은 질문들이 가지처럼 치고 나왔다. 질문의 가지 끝에는 다시 자잘한 질문들이 싹을 틔워 그에게 묻고 싶은 걸 다 묻고 나선다면, 밖은 환하게 개나리가 피어 있을 것 같았다. 난 금방 한 가지 질문이라고 단서를 단 걸 후회했다. 그는 눈을 껌뻑거리며 질문을 재촉했고, 난 엉겁결에 질문을 날렸다. 젠장.

"정말「더 위대한 탄생」에서 무릎을……?"

내가 말을 끝내기도 전에 그는 흠칫 놀라며 내게 몸을 바투 붙여 귓속말로 답했다.

"어째 알았노. 그거 비밀 지키라이."

그의 야심찬 프로젝트는 서울본사의 마지막 콘서트였다. 헤드뱅뱅을 하기엔 그의 하체는 너무 빈약해졌고 머리가 너무 세었을 뿐만 아니라 2옥타브 반도 올라가기 전에 쇳소리가 중간에 새어 나왔다. 이제 그만할 때가 되긴 되었다. 그들과 잠시 이야기 해보면 무슨 거창한 음악적 철학이나 열정이 있는 것도 아닌데 이십 년을 끌어왔다는 것도 대단하면서도 미스터리한 일이다. 승재아저씨와 망치삼촌의 경우는 이해가 가긴 한다. 가끔 와이프들 손에 지하실에서 끌려올라가도 그와의 의리 때문에 며칠 뒤에 다시 지하실로 내려왔다. 그들은 의리 때문이라 쳐도 도대체 그는 왜 이십 년 동안이나 마이크에 대고 저 악다구니(그는 노래라고 강변하겠지만, 이것이 그의 노래에 대한 나의 냉정한 평가이다)를 쳤을까? 아직 가슴 한 구석에서 지지

직거리며 열기를 내뿜는 화산석 하나를 품고 살아
가는 것일까? 그렇다면, 그건 그의 잘못이다. 남들
처럼 삶의 질곡을 하나씩 넘고, 주름이 하나씩 파
일 때마다 그딴 감당 못할 열정은 하나씩 버리고
지나왔어야 했다. 다 그렇게 사는 것이라 엄마가
말하고 할머니도 말했지만, 그는 그렇지 못했다.

　마지막 콘서트는 5월 말에, 그의 뜻대로 서울에
서 하기로 했다. 예상했던 일이긴 하나, 그래도 막
상 서울에서 그의 처음이자 마지막 공연을 한다는
것이 웃겼다. 서울본사로 진출 못한 그의 한이 이
토록 깊은 것인지, 아니면 서울에 있는 그 무엇에
대한 동경인지 내 알바는 아니지만, 웃기는 것은
사실 아닌가? 골목길의 묵은 눈도 녹고 개나리가
피고 벚꽃이 질 사이 나는 '서울본사'가 되어 합주
를 시작했다. 합주곡 레퍼토리는 간혹 바뀌기도 했
는데, 어쨌건 공연의 마지막 노래는 그의 자작곡이
라는 「별을 쫓아가는 아이」였다. 8비트로 시작해
서 16비트로 전환되는 단순한 리듬의 곡인데도 그
는 꼭 이 곡에서 박자를 놓치며 자주 목이 메었고,

나는 그때마다 짜증을 냈다. 이 곡을 레퍼토리의 처음으로 넣어도 마찬가지였다. 그의 박자 놓침과 목멤은 똑같았다. 나는 이 곡을 빼자고 했지만, 그는 펄쩍 뛰었다. 5월은 순식간에 지나가고 있었다.

5월을 며칠 남겨두고, 우리는 마침내 서울로 출발했다. 공연 장소는 이미 한강변의 노천공연장으로 구했다는 것을 달리는 차 안에서 들었다. 막연히 그의 서울본사 근처 어디쯤이겠거니 했던 내 생각은 빗나갔다. 그의 덜덜거리는 봉고차를 타고 양재 나들목을 통과했을 때 그의 표정은 결연해보였고 나머지는 소풍가는 것처럼 신나고 들떠 있었다. 그는 통행료를 낸 후, 고개를 뒤로 크게 젖히며 목젖이 보일 때까지 고함을 질렀다. 아……아……콜록 콜록. 그러게 모든 것에는 준비운동이 필요한 법이라고 망치삼촌이 깔깔거렸다. 우리가 제일 먼저 찾은 곳은 공연장이었다. 큰 기대는 하지 않았지만, 그래도 누르스름한 페인트가 군데군데 벗겨진 오래된 시멘트 무대가 후줄근한 밴드와 닮아보였다. 그의 밴드는 무대를 보고 신이 나 보였지만,

추레한 무대에 나까지 도매금으로 넘어온 것 같아 기분이 썩 좋지는 않았다. 무대를 둘러본 후 이면 도로변의 포장마차에서 우동을 먹으며, 그는 무대의 페인트를 새로 칠하고 포스터를 붙이는 등의 계획에 대해 말했다. 공연 당일 일정에 대해서도 다시 점검하는 그의 눈빛이 유달리 생생했고, 처음으로 그가 리더 같아 보였다. 사실, 포스터란 말을 들었을 때, 언제 준비했을까 싶을 정도로 살짝 놀랐다.

포스터까지는 좋았다. 문제는 며칠 동안 한 동네에만 집중적으로 포스터를 붙인다는 것이었다. 삼촌과 성재아저씨가 페인트를 칠하고 무대를 꾸미는 동안, 나는 그와 공연장 건너 아파트촌으로 가서 며칠 동안 포스터를 붙였다. 그는 동사무소에서 얻은 동네지도에 꼼꼼하게 표시해가며 골목길 한 곳이라도 빠트리지 않았다. 내가 마케팅이나 광고학 따위를 배우진 않았지만, 이런 식은 아니라는 건 신문 전단을 돌리는 고삐리도 알 것이다. 명동 한복판이나 대학로같이 사람이 많이 모이는 곳에 포스터를 붙이자고 했으나, 그는 공연 장소에서 얼마 떨어지지 않은 이 아파트촌에만 포스터를 붙였다. 그의 답답함에 울화통이 터졌으나 어차피 그의 공연이니 참기로 했다. 공연을 하루 앞둔 마지막 날에도 마지막 남은 포스터를 전부 들고 그를 따라나섰다. 우리는 점심으로 분식점에서 라면 한 그릇을 먹고 하루 종일 그 동네에서 포스터를 붙였다. 그가 벽에 풀을 먹이면 내가 포스터를 붙였는데, 매순간 골고루 잘 붙이라고 왁자하게 잔소리를 해댔다. 우리는 노을이 고층 아파트 옥상에 걸릴 때쯤에야 가져간 포스터를 모두 붙였다. 이제 이 동네 사는 사람들이라면 누구나 다 볼 정도로 구석구석 알락달락한 포스터가 붙어 있다. 제발, 내일 구청직원이 벌금고지서를 들고 공연장에 나타나지 않기만 바랄 뿐이다.

노을을 등지고 돌아오는 길에 그가 한 전봇대에서 걸음을 멈췄다. 어제 붙였을 포스터 한 장이 반쯤 떨어져 바람에 너덜거렸다. 그는 포스터를 다시 붙이려 했지만 풀이 말라버려 잘 붙지 않았다. 주머니를 뒤져 보았으나 비상용으로 챙긴 테이프도 다 써버렸다. 난 대수롭지 않게 그에게 말했다.

"그냥 가요. 테이프를 다 써버렸네."

그러나 그는 포스터를 손바닥으로 치며 압착시켜 붙여보려 했지만 잘 될 리가 없었다. 그래도 그는 멈추지 않았다. 순간 짜증이 화산처럼 솟구쳐올라 음성이 높아졌다.

"아버지, 그냥 가요. 그게 붙겠어요?"

그는 나를 보며 잠시 빙긋 웃더니 풀이 마른 그 자리에 침을 묻혀 포스터를 꼭 누르고 힘을 줄 거조를 취했다. 난 무슨 말을 하려다 멈추었다. 그는 왼쪽다리를 앞으로 살짝 구부리고 두 손을 쭉 뻗어 최대한 힘을 주며 포스터를 누르며 전봇대를 밀었다. 노을 때문인지 그가 정말 열나게 힘을 주어서인지 모르겠지만 그의 뺨이 조금씩 발그스름해졌고, 그가 전봇대를 미는 것인지 포스터를 붙이려는 건지 분간이 잘 가지 않았다. 그 순간 난 처음으로 그의 등이 몇 뼘이나 작아졌다고 느꼈다. 난 엉거주춤 그의 뒤로 가서 그의 등을 살포시 밀었다. 뭐라도 해야 될 것 같았고 그러고 싶었다. 노을이 내

등 뒤로 고여 괜히 등짝이 따스해지는 것 같았다. 멀리서 희끗한 파마머리의 한 여자가 우리를 물끄러미 오랫동안 쳐다보고 있었지만, 왠지 쪽팔리지는 않았다.

　사실, 마지막으로 고백하면 「별을 쫓아가는 아이」는 썩 괜찮은 곡이고 내 마음에도 들었다. 특히 마지막의, 그가 자주 목이 메었던, 아직도 널 사랑해, 란 부분을 연주할 땐 괜히 콧잔등이 시큰거렸다. 그것이 가사 때문인지 아니면 언뜻 비치던 그의 눈가의 눈물 때문인지는 잘 모르겠지만 말이다. ✈

안희정의 행복을 아는 자라는 피안의 강을 건넌다

2011
신춘문예 당선자 새소설

고요한 강숲

안희정

독자에게 | 고인 강물처럼 우리의 감정은 때로 옛 기억에 머물러 있지 않나요? 이제 흐르는 강물처럼 내 안의 감정도 자연의 시간에 맡겨야 겠습니다.

약력 | 백제예술대학 영상문예과 졸업. 성균관대 동양철학과 박사과정 재학. 2011년 『불교신문』 신춘문예 소설 당선. e-mail:tealike@naver.com

고요한 강숲

산들바람이 불어왔습니다. 유월의 강가에는 따뜻한 바람을 기다리던 여러 동식물들이 모습을 드러냈습니다. 남한강에 사는 자라도 뭍으로 나왔습니다. 자라는 세계를 이동했다는 표현이 옳겠군요. 긴 꿈속으로 들어가듯이 말입니다. 자라가 강물을 벗어나 시간의 물결인 육지로 나온 건 감정을 찾기 위해서입니다. 몇 해 전부터 강물 속 생명들은 돌연변이가 되었습니다. 초롱아귀가 심해로 들어가 불빛 지느러미를 가지듯 제각기 모습이 변해버렸죠. 피부는 찬란한 오색빛깔로 보였지만 심하게 부패되어 갔습니다. 불필요한 눈이 더 생기거나 장기가 뒤틀리기 시작했습니다. 바다 건너 멕시코만에서는 기름유출로 어류들이 떼죽음을 당했다고 합니다. 그 일은 마지막 보류였죠. 원인을 알기 위해 고대부터 용감했던 자라는 다시 강 대표가 되어 뭍으로 나오게 된 것입니다.

감정은 암초와 수풀의 입에서 전해질 뿐 오래전 사라진 것이었습니다. 강물 친구들은 서로를 통해 자신의 모습을 보았습니다. 흉측하게 변해가고 있었죠. 그러나 모두 무관심했습니다. 자신은 아닐 거라고 외면했으니까요. 사라짐은 다시 돌아옴을 기약한다고 했던가요. 그들은 더 이상 의미 없는 삶이 계속되자 감정이 돌아오는 희망을 품었답니다. 자라는 들판으로 기어갔습니다. 가는 길에는 좁쌀 같은 흙알갱이가 쏟아져 있었습니다. 아기 달팽이들은 바위를 먹고 나비들은 갈대밭을 날아다녔죠. 푸른 잎들은 시간을 기다리며 잿빛으로 변해갔습니다. 청둥오리가 물 위로 솟아오릅니다. 고요할 때는 생명의 숨결을 느낄 수 있습니다. 길을 걷던 자라는 자유롭게 날아다니는 별박이세줄나비를 보았습니다. 우아한 날개선을 가진 갈색 몸에는 눈처럼 하얀 흰 점들이 있었지요. 그것은 마치 갈색 밤에 뜬 별빛 같았습니다. 그를 바라보며 자라는 다급한 듯 물었습니다. 이처럼 아름다운 나비는 감정을 갖고 있을 것만 같았지요.

"나도 당신처럼 행복해지고 싶어요."

유월의 푸릇한 들꽃 사이를 날던 나비는 싱그러운 향기가 나는 꽃앞에 내려앉았습니다. 의아한 듯 자라를 쳐다보았어요.

"행복이라니? 너는 어디에서 왔지?"

자라는 살짝 몸을 움츠렸습니다.

"저기 흐르지 않는 강물에서 왔어요."

나비는 깜짝 놀란 듯 코를 비틀었습니다.

"어머, 아까부터 냄새가 나더니. 아직 강물 속에 생명이 있었구나. 우리는 그 강이 고인 후로 모두 이사갈 준비를 하고 있었어. 악취가 나서 도저히 살 수가 없었거든. 근데 행복을 찾다니? 세상에 그걸 느낄 수 없는 감정이 사라졌나봐. 뜻밖에 좋은 소식이군."

목을 길게 빼며 자라는 당황스러워했습니다. 이미 육지에도 감정이 사라졌을까봐 두려웠던 거죠. 나비는 그런 자라를 보며 깔깔 웃었습니다.

"우리가 모두 버리려는 걸 너희는 왜 다시 찾으려 하는 거야? 끔찍하군. 감정 때문에 누군가는 슬픔에 이르러 지난 겨울 밖에서 얼어 죽었어. 나의 친구는 고통으로 변화할 때를 놓쳐서 번데기 상태에서 굳어버리고 말았지. 또 부끄러움을 알게 된 쇠똥구리는 먹이를 구하지 않았을 정도야. 그 가운데 사랑이란 혹독한 것이 있어. 가장 치명적인 것이지. 내가 아닌 누군가를 마음에 담는 일인데 곁에 있거나 없어도 그리움에 몸서리를 쳐. 안정된 생을 살아가는데 방해만 할 뿐이야."

자라도 사랑에 대해 알고 있었습니다. 뜬금없이 생각나는 토끼였죠. 매정하게 떠나버린 토끼를 도무지 이해할 수 없었습니다. 그까짓 마음만 주면 되는 걸 왜 도망쳤을까요? 자라는 토끼가 용왕에게 마음을 주고 자신의 곁에 있어주기를 바랐습니다. 그때였습니다. 비단풍뎅이가 자라 앞에 나타나 그를 낚아채듯 보랏빛 싸리꽃밭으로 데리고 갔죠. 그리곤 슬며시 자라의 귓가에 소곤거렸습니다.

"저 별박이세줄나비는 얼마 전 사랑에 실패했다죠. 여기 강에 살고 있는 친구들은 모두 알아요. 그래서 감정에 대해 그리도 부정적이죠. 자라씨 지금부터 내 손을 잡아요. 내가 감정의 세계를 보여줄게요."

진녹색 몸을 가진 비단풍뎅이는 자라를 데리고 바람보다 빠르게 강가에 있는 어두운 숲속으로 갔습니다.

"눈을 뜨세요."

자라는 깊은 강처럼 어두운 숲속에서 천천히 눈꺼풀을 올렸습니다. 비단풍뎅이는 노래를 부르며 자라의 손을 잡고 숲속을 헤매었죠.

"세상은 이토록 어둠이었어요. 혼돈과 같은 시대. 손을 뻗어 만져도 온통 공허일 뿐이죠. 늘 혼자였기 때문이에요. 그런데 어느 날 새가 날아왔어요. 지저귐이 들리자 세상의 빛도 소리가 되어 귓가에 들렸어요. 푸른 잎과 복수초의 샛노란 꽃. 하늘의 못에서 녹아내린 물줄기는 숲의 골짜기가 되어 흘렀어요."

강의 상류에서 신이 난 비단풍뎅이는 자라와 함께 물살을 타고 중류로 내려왔습니다. 수달이 유연하게 물살을 가르며 헤엄치다 깜짝 놀랐죠. 자라는 어느새 비단풍뎅이의 음악에 흠뻑 빠져 있었습니다.

"이제 모든 것이 보이는 거예요. 호랑나비들의 아름다운 날개짓도 풀들의 향연도요. 하늘은 푸르렀고 흙은 세상의 냄새였죠. 나는 가슴이 설레 잠시도 가만히 있을 수가 없어 춤을 추었어요. 심장 소리가 들리나요. 아, 나는 살아 있구나! 저 흘러가는 물 좀 바라보세요. 시간이라는 것이 있어요. 나무 뒤에 숨은 너구리도 보세요. 그들과 같이 있어요. 나는 세상에 있는 모든 것들이 사랑스럽기도 하고 서럽기도 해요. 살아가는 이유는 이 포근한 감정 때문이에요."

찬란한 광채를 내던 비단풍뎅이의 몸 빛깔도 해가 지자 점점 희미해졌습니다. 그는 자라에게 말했습니다.

"그러나 우리가 늘 감정에 대해 좋은 것만 생각하는 건 아니에요. 아까 별박이세줄나비를 보셨죠? 우린 결국 때때로 실패하고 말아요. 매혹 속엔 고통과 망각이 있기 마련이죠. 감정에 빠져들수록 중요한 것을 잃어버리게 되요. 바로 고요하던 나 자신이에요."

자라는 이해하기가 어려웠습니다. 단 한 번도 감

정을 느낀 적이 없었기 때문이죠. 그는 비단풍뎅이에게 물었습니다.

"당신이 말하는 신비로운 감정을 어떻게 알 수 있는 거죠?"

"미안해요, 자라씨. 난 감정을 느끼게 해줄 수는 없어요. 예술을 창조할 수 없기 때문이에요. 강 하류로 내려가 보세요. 갈대밭이 있을 거예요. 그네들은 감정을 조화롭게 해준다고 들었어요. 우리도 때론 마음을 다치면 갈대들에게 치료를 받고 와요. 당신도 분명 얻고자 하는 걸 알 수 있을 거예요."

비단풍뎅이가 보랏빛 싸리꽃밭으로 숨자 자라는 다시 길을 떠났습니다. 자라는 지쳐갔습니다. 밤이 내려왔고 자연의 풍경들도 어두워지기 시작했습니다. 처음 가져온 자신감은 점점 바닥이 보이고 빈 마음으로 돌아갈 것을 생각하니 두려워졌습니다. 흰 구름이 감춰지고 주변에 있는 산과 하늘의 경계가 뿌옇게 지워졌습니다. 세상은 생각보다 넓었고 쉽게 찾을 수 있을 것 같았던 감정은 보이지 않았습니다. 이대로 돌아간다면 친구들은 실망할지도 모릅니다. 책임감으로 주저앉을 수도 없었죠. 자라는 어두운 길을 정처없이 계속 걸었습니다.

그럴 수밖에 없었습니다. 친구들의 마음속에는 푸른 불안들이 곰팡이로 피어오르고 있었기 때문입니다. 강물이 찰랑거렸습니다. 친구들이 첨벙거리며 뛰어올랐습니다. 자라는 혼자가 아니었어요. 달빛이 강물을 비추자 강물 아래에 있던 친구들은 기운을 북돋아주고 있었습니다. 그때였습니다. 귤빛부전나비가 그의 시야에 스쳐갔습니다. 분명 날아오른 것은 나비였습니다. 나비를 쫓던 무언가가 뛰어올랐습니다. 흰 토끼의 그림자였죠. 대나무 너머 그토록 그립던 모습을 보자 자라는 가슴이 뭉클했습니다. 토끼의 그림자는 숲속으로 뛰어갔습니다. 자라는 힘껏 걸어서 그의 뒤를 따랐죠. 그림자는 벌써 숲속으로 사라지고 없었습니다. 자라는 옛생각이 났어요. 토끼를 데리고 용궁에 내려갔을 때였죠. 자라는 토끼에게 병을 고칠 수 있는 유일한 약인 마음을 내놓으라고 말했습니다. 토끼는 자라에게 힘없이 속삭였습니다.

"마음은 내게 있지 않아요. 육지에 잘 숨겨두었지요."

안희정
∎
145

자라는 어리둥절해하며 토끼를 업고 육지로 올라왔습니다. 강가에 도착하자 토끼는 자라의 등에서 폴짝 내렸습니다. 그리고는 껑충 뛰어갔습니다. 깜짝 놀란 자라는 토끼에게 소리쳤습니다.

"토끼야. 마음을 주어야지!"

토끼는 슬쩍 뒤를 돌아 자라에게 말했습니다.

"바보 자라야. 마음은 네가 얻고 싶다고 해서 얻어지는 게 아니란다. 너는 나를 속였어. 귤빛부전나비를 쫓으며 노닐던 그 시절, 나는 진심이었어. 육지의 모든 걸 버리고 너를 따랐지. 용궁의 화려한 생활은 중요하지 않았어. 네가 필요했지. 그러나 너는 나의 마음을 빼앗으려고 했어. 그때 이미 너에게 주려 했던 마음은 없어져버렸단다. 다른 생명은 상관없고 자신의 상처만 생각하는 너희는 감정이 어떻게 생기는 건지 모를 수밖에 없어. 잘 가렴."

옛 기억으로 저려오는 가슴에 자라는 고개를 숙이고 땅을 보았습니다. 숲속 깊은 울림으로 남기고 간 토끼의 예전 목소리가 이제야 자라의 마음속에서 흔들렸던 거죠. 푸른 잎이 나부끼던 숲도, 귤빛부전나비도 토끼도 보이지 않았습니다. 자라는 강가에 혼자 서 있었습니다. 불어오는 바람을 느끼며 눈을 감았죠. 감정은 사라진 것이 아니었습니다. 다만 감정을 돌보지 않아 굳어져 있을 뿐이었던 거죠. 여정 동안 자라는 강가의 많은 친구들을 만났습니다. 그는 길목에서 나눈 삶의 대화들로 충분히 행복했습니다. 자신이 다시 살고 싶은 생애는 저 푸른 하늘 속 떠 있는 구름과 내리쬐는 햇볕으로 반짝이는 강물과 그 안에서 시원하게 헤엄을 치며 누군가를 만나는 일이라고 생각했습니다. 그것은 살아 있다는 증명이며 그토록 지루해하던 평범한 일상이었습니다.

강가를 걷던 자라의 눈앞에 커다란 어둠이 꿈틀 거렸습니다. 자라는 소리도 지르지 못한 채 그 앞에서 두려움에 달달 떨었습니다. 시커먼 물결이 흔들리며 자라에게 물었습니다.

"사랑을 알 수 없는 자여, 그대는 길을 떠난 이유를 기억하고 있는가?"

자라는 망설이며 대답했습니다.

"감정을 찾기 위해서지요."

어둠은 생각에 잠겼습니다. 검은댕기해오라기가

그를 깨우려고 소리를 지르며 날아올랐습니다.

"해가 뜰 때까지 기다릴 수 있겠나?"

이른 아침 검푸른 하늘이 점점 밝아졌습니다. 어두웠던 세계는 환한 빛으로 자신의 모습을 드러내었지요. 자라는 눈부신 하늘을 바라보았습니다. 이 세계가 그토록 어두웠던 사실을 떠오르는 태양으로 새삼 알 수 있었지요. 비단풍뎅이의 말이 생각났습니다. 새가 내게로 날아와 소리가 들렸듯 햇빛과 내가 만나 세상을 볼 수 있었던 것입니다. 어둠은 날이 밝아 보니 초록빛 새순이 돋아나 푸릇푸릇한 갈대밭이었지요. 습지에 넓게 펼쳐진 갈대밭에는 아침이슬이 맺혀 있었습니다. 상쾌한 바람을 마시며 그들은 조화롭게 흔들렸습니다. 갈대들은 자라를 향해 노래를 불렀어요.

"그대 마음을 비우고 자연의 숨소리를 들어요. 감정은 너와 내가 만나야 느낄 수 있어요. 그러나 감정에 집착하지 말아요. 세월이 흐르듯 감정도 지나가버리죠. 그걸 이해할 때 강물은 다시 흐를 거예요."

자라는 이제 벅찬 감정을 들고 강물로 들어가려 했습니다. 그는 눈을 뜨고 조금씩 기어갔습니다.

몇 걸음 걷지 않아 울퉁불퉁한 절벽이 보였습니다. 그는 소리를 지르며 뒤돌아보았습니다. 그곳에는 흙에 파묻힌 비단풍뎅이와 찢겨진 날개로 퍼덕이는 나비들이 있었습니다. 보랏빛 싸리꽃과 노란 복수초는 뿌리 채로 뽑혀 있었습니다. 그들은 모두 굴착기 삽에 담겨 있었죠. 생계가 빠듯한 굴착기 기사는 삽을 더 높이 올렸습니다. 자라는 드디어 감정을 얻어 고향으로 돌아가려 했지만 막힌 강을 보고 어찌할 바를 몰랐습니다.

강물은 언제나 그대로였습니다. 누구에게 원망하는 기색도 없이 넘칠 것 같은 좁은 수로로 흐르고 있었습니다. 간혹 석양이 지면 속울음처럼 붉게 타는 듯 했지만 별이 뜨는 밤이 되어도 흘렀지요. 생명의 근원인 강은 누군가에게 풍경이 되기 이전에 살아 있는 자연이었습니다. 그러던 어느 가을날 생명이 사라진 강가에는 조금 남은 흙과 위태로운 햇살로 마지막 갈대꽃이 피었습니다. 숨어 있던 바람과 동식물들은 그들이 잊었던 옛 시절을 기억하듯 조화의 밭 앞에 하나 둘씩 모여 갈대의 화음을 들었습니다. ✸

정영서는 우리의 몸이 창조주의 블랙박스임을 보여주고 있다

2011
신춘문예 당선자 새소설

블랙박스

정영서

독자에게 | 스무 살에 군대에 갔던 오빠는 위병제대했다. 얼굴은 그대로였지만 눈빛이 주파수가 어긋난 TV화면처럼 흔들렸다. 중요한 부분이 망가진 것 같았다. 이제 육십 살, 오빠는 아직도 병원을 들락거린다. 40년 전 그날, 무슨 일이 일어난 걸까? 블랙박스를 해독한다면 어그러진 오빠의 삶을 이해할 수 있을까.

약력 | 1966년 충남 아산 출생. 서울디지털대학교 문예창작과 졸업. 동국대학교 문화예술대학원 재학. 2011년 『영남일보』 신춘문예 소설 당선.
e-mail:i4we@naver.com

블랙박스

신형 블랙박스를 미간에 붙인다. 네트워크로 프로그램을 실행하자 영사막에 투자설명회장 모습이 나타난다. 눈으로 볼 때와 비슷하다. 블랙박스가 눈 가까이 있어서인 것 같다. 모니터에 나타난 인체감지센서 수치를 본다. 평소보다 심장 박동 수도 높고 땀 배출량도 많다. 맥박도 빠르다. 아무리 담담한 척해도 감지센서를 속일 수는 없다. 손수건으로 땀을 닦은 뒤 제품 설명을 시작한다.

이 제품은 출생에서 사망까지의 모든 대화와 동영상을 저장할 수 있는 기계입니다. 뿐만 아니라 센서에 의하여 몸의 상태까지 체크할 수 있습니다.

만약 제가 교통사고를 당해 지금까지의 모든 기억을 잃었다고 가정해 봅시다. 그래도 전 걱정할 필요가 없습니다. 그 동안 제가 만났던 사람들, 그들과 나누었던 대화가 이 블랙박스에 모두 저장되어 있으니까요. 체온이나 맥박, 땀의 배출량 등을 근거로 당시의 기분까지도 짐작할 수 있습니다.

사람들이 나와 블랙박스를 살펴본다. 예상외로 많은 사람들이 사마귀 모양의 신형보다는 시계모양의 구형에 관심을 보인다. 깜찍하고 귀여운 디자인 때문일 것이다. 액정 위 정중앙에 볼록 튀어나온 렌즈와 액정 아래에서 포물선을 그리며 뚫린 스피커 때문에 얼핏 보면 아기 도깨비가 '씨익' 웃는 것 같다. 신형과 구형을 꼼꼼히 살펴보던 남자가 임상실험 결과를 묻는다. 나의 동영상을 재생하려다가 아들 준이의 동영상으로 바꾼다. 준이의 천진한 모습이 인간적인 기계란 느낌을 잘 전달할 것이다.

영사막에 사무실 모습이 비친다. 유리문이 열리고 준이가 거친 숨을 내쉬며 들어온다. 준이의 모습을 본 순간 갑자기 가슴이 아릿하다. 왜 이러지.

정영서

가슴을 쓸어내리며 노트북으로 내 블랙박스 프로그램을 연다. 센서 수치가 불안하게 흔들리다가 곧 평온해진다. 물을 마신 뒤 다시 준이의 동영상에 집중한다. 준이가 가방을 벗어 소파에 던지고 블랙박스가 놓인 책상 앞으로 간다. 다음 주 금요일에 아빠가 유치원 하루 선생님이라면서요? 그날 이 시계 차고 가면 안 돼요? 화면 속의 내가 단호한 표정으로 고개를 가로젓는다. 준이가 시무룩한 얼굴로 블랙박스 앞에 쪼그리고 앉는다. 내가 한눈을 파는 사이 표정이 변한 준이가 블랙박스를 집어 든다. 내 눈치를 보며 재빨리 책상 아래에 숨는다. 사탕을 깨물듯 왼쪽 얼굴에 힘을 주고 블랙박스를 손목에 차려고 끙끙댄다. 그 모습에 여기저기서 웃음이 터진다. 화면 속의 내가 어이없어 한다. 잠깐만이란 약속을 받은 뒤 준이의 팔에 블랙박스를 채워준다. 준이가 들뜬 얼굴로 뛰어나간다. 컴퓨터 화면에 골목길이 나타난다. 준이는 저렇게 뛰어다녔던 걸까. 전에도 본 영상일 텐데 이상하게 낯설다.

설명회장 분위기를 살피며 모니터에 보이는 숫자를 가리킨다. 여기 표시된 맥박과 체온, 땀 배출

량을 보아 아이가 몹시 흥분했다는 것을 알 수 있습니다. 준이가 블랙박스를 찬 팔을 신나게 흔들며 만화영화 주제곡을 부르며 달린다. 화면이 그네를 탄 듯 오르내린다. 자동보정프로그램을 가동시키자 흔들림이 멎는다. 골목 양 옆으로 줄지어 서 있는 2, 3층 집들이 스쳐지나간다. 준이의 키가 작아선지 화면에 비치는 집들이 빌딩처럼 높다. 계속 뛰던 준이가 큰길가의 문방구 앞에서 멈춘다. 이어 아래쪽에서 잡힌 준이의 얼굴과 문방구 추녀에 쳐 있는 차양이 보인다. 쪼그리고 앉아 게임을 하는 것 같다. 줄무늬 차양을 등진 준이의 얼굴이 보인다. 앙증맞은 콧구멍이 발랑거린다. 준이의 블랙박스를 통해 보는 세상은 내가 보던 세상과는 많이 다르다. 보는 높이와 각도가 달라지면 새로운 세계가 나타나는 것 같다.

늘 재잘거리며 뛰어다니던 준이가 그립다. 녀석의 목소리가 생각난다. 아빠, 여기는 스페인 남쪽 도시 알헤시라스야. 오늘 지브롤터 해협을 건너 모로코의 탕헤르로 갈 거야. 아빠도 함께 왔으면 좋았을 텐데. 목소리는 생생한데 언제 통화했는지 기억나지 않는다. 건망증이 점점 심해져서 큰일이다. 이번 투자 유치만 잘 되면 나도 그들의 여행에 합류할 것이다.

차고에 사무실을 차렸을 때 아내는 야유했다. '인간을 위한 기술연구소'란 간판은 너무 거창한 것 아냐? 무슨 소리야. 빌 게이츠도 처음엔 차고에서 시작했어. 직장까지 그만둔 나를 못미더워하는 아내에게 큰 소리쳤다. 준이가 학교 들어가기 전에 함께 세계여행을 할 것이라고. 그때 나는 일상 기록 장치인 휴대용 블랙박스에 대한 특허를 출원 중이었다. 블랙박스만 상품화된다면, 곧 차고에서 벗어날 거라고 확신했다. 그러나 차고를 벗어나기도 전에 빚만 늘었다. 결국 나는 인간을 위한 연구소에서 생계를 위한 수리를 하게 되었다. 죽었던 컴퓨터를 다시 살리는 일도 나름 보람 있었다. 2년을 고생하자 아내와 아들을 여행보낼 만큼의 여유가 생겼다.

여행을 떠나기 일주일 전, 준이가 심각한 표정으로 물었다. 아빠, 영국 날씨가 이상하면 우린 어떡해요. 무슨 말인지 몰라 아내를 바라봤다. 아내가 웃으며 설명했다. 오늘 낮에 텔레비전에서 그린란드 지역의 빙산이 영국 해안까지 떠내려 왔다는 뉴스를 봤거든. 빙산 때문에 런던에 폭설이 내린다니까 여행 못 갈까봐 안절부절이야. 일주일 뒤엔 빙산이 다 녹을 거라고 했지만 여전히 불안한 눈치였다. 준이를 안심시키려고 영국의 날씨에 대한 정보를 모았다. 준아, 영국의 날씨는 멕시코만류의 영향을 받는대. 멕시코 만을 출발한 해류는 미국 동부 해안을 하루에 160km의 속도로 지나 영국 해안까지 도달하고, 영국 해안을 지난 멕시코만류는 프랑스, 스페인 해안을 따라 내려가다가 다시 아프리카 서쪽 해안을 지나 적도를 향해 흘러간대. 만약 영국이 추우면 멕시코만류를 따라서 아프리카로 내려가면 돼.

멕시코만류는 한 번 순환하는 데 2년이나 걸린다. 멕시코만류의 흐름을 따라 여행한다면 그들은 1년 11개월이 지나야 돌아올 것이다. 그때까지 혼자 잘 지낼 수 있을까. 멕시코만류의 순환은 북극 지대에서 심해로 급하강하는 수력 때문에 생겨난다고 한다. 물이 차가우면 차가울수록 멕시코만류는 더 깊이 하강하고 순환 속도도 더 빨라질 것이다. 나도 깊이 하강할 수 있다면 그들을 좀 더 빨리 돌아오게 할 수 있을 텐데. 그런데 아내는 왜 돈을 인출하지 않는 걸까. 일하느라 함께 가지 못한 나에게 미안해서일까.

20분쯤 게임을 한 뒤 준이가 일어나 문방구 안으로 들어간다. 모니터에 마르고 신경질적으로 보이는 남자가 나타난다. 문방구 주인이다. 준이가 남자를 힐끗거리며 진열대 사이를 오간다. 화면이 멈추는 곳마다 준이가 좋아하는 것들이 비친다. 문방구 남자가 준이를 보며 짜증낸다. 야, 물건 들쑤시지 말고 빨리 골라. 그가 먼지떨이로 진열대를 거칠게 턴다. 아래에서 찍혀선지 남자의 모습은 매우 위압적이다. 주눅 든 준이가 놀이용 카드가 든 초콜릿을 잡는다. 화면에 비친 그의 모습은 의외다. 내가 함께일 때는 준이에게 친절한 사람이었다. 그가 빨리 계산하라고 소리친다. 준이가 그에게 다가가 소곤거린다. 지금 아빠가 지켜보고 있어요. 당황한 얼굴로 남자가 문 밖을 기웃거린다. 그가 차가운 얼굴로 준이를 야단친다. 어린놈이 거짓

말하면 못써. 준이가 뒷걸음질하며 더듬더듬 말한다. 거짓말 아니에요. 이 시계에 카메라 달려 있어요. 남자의 얼굴에 당황한 기색이 역력하다. 그가 시계를 보려고 하자 준이가 도망친다. 거의 사무실에 다 왔을 때 준이의 주머니에서 초콜릿이 떨어진다. 사무실로 들어서는 준이에게 묻는다. 초콜릿 어디 있어? 준이가 허둥지둥 주머니를 뒤진다. 블랙박스 프로그램을 재생시켜 준이에게 보여준다. 준이가 환하게 웃으며 다시 나갔다가 돌아온다. 손에 초콜릿이 들려 있다. 볼이 발그레한 준이가 말한다. 아빠, 이 시계 민혁이 할머니 주면 좋을 것 같아. 치매에 걸려서 자꾸 잃어버린대.

동영상이 끝나자 내 연배의 여자가 질문한다. 시계형도 아이들 보호용으로 괜찮을 것 같은데 왜 제품화하지 않았나요? 나도 그 점이 궁금하다. 아마, 그 때는 제품화하기엔 생산비가 너무 비쌌을 것이다. 얼마 전부터 S사에서 테라바이트급 저장장치를 양산하지 않았다면 지금도 타산성이 없었을 것이다. 설명회장 안을 둘러본다. 준이의 천진한 모습에 미소를 띤 사람들이 많다. 아들의 말에서 힌트를 얻어 우선은 치매에 걸린 노인들을 위한 의료 보조 장비로 제품화할 생각입니다. 생산 원가가 낮아지면 차차 일반인용으로도 출시할 겁니다.

'제2의 에셜론 개발을 중지하라'는 문구가 적힌 띠를 두른 여자가 질문한다. 눈이 작고 전투적인 분위기를 풍기는 여자이다. 블랙박스를 착용한 사람이 곁에 있으면 주변 사람들이 불편할 것 같은데요. 일종의 인권 침해 아닌가요? 모니터에 나타난 내 신체센서 수치가 급히 요동친다. 전에도 누군가에게 같은 말을 들은 적이 있는 것 같다. 높아지려는 목소리를 가라앉히며 차근차근 설명한다. 이 기계는 타인을 감시하는 기계가 아닙니다. 객관적으로 자기를 기록하고 돌아보는 일기 같은 것입니다. 타인에 관한 것은 우리가 지금 눈으로 보고 뇌에 기억을 하듯 렌즈에 보이는 진실을 그대로 저장하는 거죠. 여자가 의기양양한 목소리로 말한다. 그런 면이 위험하다는 겁니다. 개인의 신체정보가 타인에게 노출될 가능성이 있으니까요. 꼭 부정적인 면만 보는 사람들이 있다. 이럴 땐 논쟁을 벌이는 것보다 장점을 부각시키는 게 좋다. 키워드를 본인의 인체정보로 설정한다면 타인이 몰래 정보를 빼낼 수 없다는 점과 착용자의 몸에 이상이 생겼을 때 경보음이 울린다는 점을 강조한다. 이 기능에 대해 보충설명을 하려는데 문이 열린다.

들어오는 사람을 보고 깜짝 놀란다. 아내와 거의 비슷하게 생긴 여자다. 급히 블랙박스의 줌을 가동시킨다. 비쩍 마르고 나이도 많아 보이지만 아내가 분명하다. 나를 놀라게 하려고 연락도 없이 돌아온 걸까. 사람들에게 아내를 소개한다. 그녀가 어색한 표정으로 인사를 한 뒤 나를 빤히 바라본다. 그 눈빛에는 징그러운 벌레를 보는 것 같은 혐오가 담겨 있다. 왜 저러는 걸까. 내 신체센서의 수치가 요동친다. 아내의 등장이 두렵고 혼란스럽다고 말하고 있다. 설명회가 끝나고 사람들이 빠져나가자 아내가 다가온다. 왜 갑자기 돌아왔는지, 준이는 어디 있는지 물으려는데 아내가 냉랭한 목소리로 말한다. 당신 대체 무슨 짓이야. 나는 어리둥절해서 그녀를 바라본다. 아들을 잃었는데도 블랙박스에 대한 미련을 못 버린 거야? 당신이 블랙박스로 문방구 남자만 자극하지 않았어도 준이는 죽지 않았어.

아내의 말이 낙하하는 고드름처럼 가슴에 박힌다. 감각이 순간적으로 사라졌다가 고통이 솟구친다. 숨을 쉴 수가 없다. 이제야 생각난다.

나는 노트북을 들고 문방구 남자를 찾아갔다. 블랙박스에 찍힌 화면을 그에게 보여주며 준이에게 함부로 대하지 말라고 경고했다. 그의 동공이 확장되더니 떨리는 목소리로 말했다. 당신 함부로 내 모습 촬영하는 거, 그거 인권 침해야. 아이들에게 함부로 대하는 사람이 인권 침해 운운하는 게 우스웠다. 그를 위아래로 훑어보며 비아냥거렸다. 죄라도 졌어요? 찔리는 거 없으면 이렇게 예민하게 굴 필요 없잖아요. 그가 얼굴을 붉으락푸르락하며 나를 문 밖으로 내쫓았다. 별 미친놈 다보겠다고 중얼거리며 돌아서는데 그가 내 등에 날선 말을 뱉었다. 또 아이에게 그 이상한 시계를 채워 보내면 가만 두지 않겠어.

다음 날도 준이는 블랙박스를 차고 나가겠다고 떼를 썼다. 문방구 남자가 마음에 걸렸지만 투자 설명회를 하려면 임상실험이 필요했다. 원격 프로그램으로 준이의 행동을 지켜보면 괜찮을 것 같았다. 준이에게 블랙박스를 채운 뒤 문방구에는 가지 말라고 주의를 줬다. 준이가 나가자마자 원격 프로그램을 가동시켰다. 얼마 지나지 않아 장에서 신호가 왔다. 점심에 밀가루 음식을 먹은 게 탈이었다. 모니터를 보니 준이는 놀이터에 가서 친구들과 잘 놀았다. 별다른 일은 없을 것 같았다. 화장실에 갔다가 돌아와 보니 화면이 바뀌었다. 준이가 문방구 미니 오락기 앞에 앉아 있었다. 문방구 문이 열리고 험악한 표정의 남자가 나왔다. 그가 준이를 향해 고함쳤다. 너, 그 시계 차고 오지 말랬지. 준이가 퍼렇게 질린 얼굴로 일어섰다.

서둘러 문방구로 달려갔다. 그가 준이의 팔을 잡고 있었다. 그는 준이의 손목에서 블랙박스를 낚아채려 했고, 준이는 억센 손아귀에서 벗어나려 몸부림쳤다. 나는 뛰어가며 그를 향해 소리쳤다. 그 팔 놔! 그가 나를 노려보았다. 살기 가득한 눈빛이었다. 이 자식아, 나 감시하지 말랬지! 그가 준이를 세게 밀쳤다. 중심을 잃은 준이가 게임기 쪽으로 나동그라졌다. 게임기 모서리에 준이의 머리가 부딪쳤다. 순식간이었다. 쓰러진 준이의 머리에서 붉은 피가 꾸역꾸역 흘러나왔다.

아내가 쥐어짜는 것 같은 목소리로 말한다. 난 음식을 넘기는 것조차 힘든데 당신은 어떻게 그렇게 쉽게 잊어. 아내의 눈에서 실핏줄이 터진다. 새빨개진 눈이 나를 지켜본다. 나의 블랙박스가 아내의 고통을 녹화한다. 잊었던 고통이 다시 내게 저장된다. 나의 감지센서 숫자가 폭주한다. 블랙박스의 비상 신호가 울린다. ✶

2011
신춘문예 당선자
새소설

천재강의 벼락맞은 대추나무는 검은 불꽃이다

2011
신춘문예 당선자 새소설

벼락이 친다

천재강

독자에게 | 발등에 불보다 더한 것이 떨어졌어요.

약력 | 단국대 국문과 졸업. 명지대학교 문예창작 대학원 재학중. 2011년
『세계일보』 신춘문예 소설 당선. e-mail:100021175@naver.com

벼락이 친다

언제부터였을까.

콘센트에서 불꽃이 튀었다. 남은 플러그를 뽑을 때도 마찬가지였다. 며칠 전 고층 빌딩에서 화재가 났다는 뉴스가 떠올랐다. 콘센트에서 튄 불꽃이 화재의 원인이었고, 30여 분만에 빌딩 꼭대기까지 타올랐다. 사망자는 없었다. 콘센트를 사용하던 환경미화원들이 불구속 입건되었다가 무혐의로 풀려났다. 나는 거실의 플러그를 모두 뽑고 방으로 들어왔다.

사이렌이 울렸다. 짐을 마저 싸고 가방을 책상 위에 올려놓았다. 창문 가까이 있으면 위험했기 때

문에 방 한가운데 서서 창밖을 바라봤다. 구름만
조금 껴있을 뿐 비가 올 것같지는 않았다. 들에서
일을 하던 사람들이 몸을 움츠리고 거리로 빠져나
왔다. 사람들은 집으로, 차안으로, 대피소로 들어
갔다. 사이렌이 멈췄다. 사위는 조용했다. 번쩍. 땅
이 움푹 파였다. 번쩍번쩍. 사람들이 지나간 자리
가 움푹움푹 파이고, 잡초와 돌멩이가 튀었다. 마
치 발자국만 남기는 투명 인간처럼 벼락은 점점 마
을로 다가왔다.

언제부터였을까.
마을에서 제일 나이가 많은 할머니도 알 수 없다
고 했다. 분명한 건 시간이 갈수록 더 많은 벼락이
떨어진다는 것이었다. 기록으로도 알 수 있듯이 최
근 5년간 평균 120만 번의 벼락이 떨어졌다고 전
문가는 말했다. 전문가들이 모여 만든 벼락감시네
트워크에서는 높은 건물마다 피뢰침을 설치했고,
전선마다 가공지선은 물론 피뢰기도 설치했다.
그러나 소용없었다. 벼락은 시간과 장소를 가리
지 않고 떨어졌다. 낮에도 밤에도, 산을 깎아 만든

골프장에도, 공장에도, 비행기에도, 차에도 벼락이 떨어졌다. 전자제품들이 망가졌고, 밤마다 정전이 되었다. 차단기가 내려가는 바람에 환풍기가 돌아가지 않아 3만 마리의 닭들이 폐사했다. 벼락이 떨어져 집과 축사에 불이 났다. 사람이 다치거나 죽기도 했다. 사고 소식이 끊이지 않았다.

소문이 나자 관광객들이 드나들기 시작했다. 관광객들은 투명한 유리로 만든 대피소에 앉아 벼락이 떨어지기를 기다렸다. 벼락이 떨어지면 탄성을 질렀고, 더 많은 벼락이 떨어지기를 바랐다. 관광객들이 늘어날수록 마을에는 음식점과 길거리에서 물건을 파는 상인들도 늘어났다. 상인들은 번개를 찍은 사진이나 벼락을 맞은 가축의 고기, 나무 등을 팔았다. 특히 인기가 많은 것은 벼락을 맞은 대추나무였다.

벼락이 잠시 주춤한 사이 관광객들은 움푹 파인 땅이나 불이 난 축사를 구경했다. 벼락을 맞고도 멀쩡한 사람의 집을 찾아가 사진을 찍었고, 조심스럽게 몸을 만져보기도 했다. 아저씨의 몸을 만지면 아들을 낳는다는 소문이 돌았다. 아저씨는 사람들이 돈을 내면 홀러덩 티셔츠를 벗어 목에서부터 허리까지 이어진 붉은 자국을 보여줬다. 붉은 자국은 마치 허리를 향해 거꾸로 선 나무처럼 보였다. 아저씨는 몇 년 전 밭에서 일을 하다가 벼락을 맞았는데 가는귀가 먹고, 시력이 나빠졌을 뿐이었다. 그 후로 몸에 열이 많아져 한겨울에도 티셔츠만 입고 다녔다. 보여주세요. 돈을 낸 관광객들이 큰 소리로 외치면 아저씨는 티셔츠를 벗었다. 술에 취한 날은 가끔 바지를 벗기도 했다. 옆에 남편이 있거나 없거나 상관없이 달려든 아주머니들과 할머니들이 아저씨의 팬티를 잡고 늘어졌다. 젊은 사람들은 끼어들 틈이 없었다. 텔레비전과 인터넷에 기적의 사나이라 소개되면서 아저씨의 집은 관광객들로 북적거렸다.

대피소에 있던 관광객들이 거리로 빠져나왔다. 그 속에는 외국인도 있었다. 관광객들이 나오자 상인들이 물건을 들고 다가갔다. 번쩍. 관광버스로 번개가 떨어졌다. 관광객들이 웃으며 탄성을 질렀다. 몇은 다시 대피소로 들어갔다. 그러거나 말거나 상인들은 물건을 팔기 위해 부지런히 움직였다. 사이렌이 울렸다. 사이렌이 울리고 나서야 마을 사람들은 밖으로 나왔다. 두 번째 사이렌은 이제 안전하다는 신호였다. 나는 가방을 메고 밖으로 나왔다. 후텁지근한 바람이 불었다.

큰길로 나서자 대추나무 밭이 나타났다. 철조망 주위에 여러 개의 경고판이 서 있었다. 경고. 무단 침입 발포. 처음 경고판을 본 사람들은 그깟 대추 좀 따먹는다고 총까지 쏘다니 인심도 야박하다고 할 것이다. 그러나 경고판은 대추를 위해 있는 것이 아니었다. 벼락 맞은 대추나무를 위해 있는 것이다. 벼락 맞은 대추나무는 벽조목이라 불리며 높은 값에 팔렸다. 아버지는 며칠 동안 전문가와 공무원들을 접대하며 피뢰침을 다른 곳으로 옮겼다. 아버지의 예상은 그대로 들어맞아 피뢰침을 옮기자마자 대추나무 밭으로 벼락이 떨어졌다. 시커멓게 탄 건 대추나무뿐만 아니라 아버지 일을 돕던 엄마도 마찬가지였다.

얼마 전부터 모조품이 돌아다니기 시작했다. 모조품은 대추나무를 일정 크기로 자른 후에 순간적으로 고압의 전류를 흘려 만든 것이다. 값도 싸고 만들기도 쉬웠다. 벽조목보다 더 빨리 물에 가라앉아서 모두들 의심하지 않았다. 아버지는 모조품과 똑같은 가격으로 벽조목을 팔았지만 어찌된 일인지 가짜라는 소문이 돌았다. 모조품보다 천천히 물에 가라앉았기 때문이다. 아버지는 한동안 벽조목을 팔지 않았다. 그러자 사람들이 전화를 하기 시작했다. 아버지는 그런 사람들에게만 벽조목을 팔았다. 가격은 전보다 더 높게 불렀다. 주위 사람들의 걱정에도 불구하고 시간이 지날수록 아버지를 찾는 사람들은 늘어났다. 아버지의 벽조목은 예전보다 덜 팔렸지만 높은 가격으로 인해 예전보다 더 많은 이익을 남겼다.

마을을 떠나는 사람들도 있었다. 벼락이 떨어져 누군가 죽거나, 재산을 잃은 사람들이었다. 마땅한 이유 없이 마을을 떠나는 사람들도 있었다. 그들은 소리 없이 사라져 다시는 돌아오지 않았다. 날이 저물고 있었다. 나는 버스 정류장에 있는 나무 의자에 앉았다. 한 무리의 관광객들이 마을로 들어왔다. 관광객들은 산 너머로 떨어지는 벼락을 보며 탄성을 질렀다.

네가 어디를 가든 여기와 다를 게 없다. 떠난 사람들이 다시 돌아오지 않는 건 거기가 좋아서가 아니라 거기나 여기나 똑같다는 것을 알았기 때문이라고 아버지는 말했다. 그럴 수 있다고 나는 생각했다. 잠시 떠나는 것을 미룬 것도 그래서이다.

번쩍. 사람들이 비명을 질렀다. 나는 정신을 차리고 몸을 낮추었다. 멀리 달아나는 사람, 주저앉은 사람, 끊임없이 비명을 지르는 사람 가운데 몇 명이 쓰러져 있었다. 번쩍. 두 사람이 주저앉았다. 나는 낮은 자세로 그들에게 다가갔다. 안내원이 전화를 하며 앞을 가로막았다. 쓰러진 사람들의 살이 누렇게 변해 벗겨졌고, 머리카락은 불에 그슬린 듯 오그라들었다. 옷이 탄 사람도 있었다. 목에 걸린 사진기는 형체를 알아볼 수 없을 정도로 박살이 났다. 번쩍. 달려오는 구급차 옆으로 벼락이 떨어졌다. 번쩍. 안내원이 쥐고 있던 전화기가 공중으로 튀어 올랐다.

쓰러져 있는 사람들을 태우고 구급차가 달리기 시작했다. 남은 사람들은 구급대원의 지시대로 마을에 있는 대피소로 뛰어갔다. 사이렌이 울렸다. 어두운 하늘을 가르며 번개가 쳤다. 번개는 비명처럼 날카롭게 구름을 뚫고 나왔다. 나는 정류장 의자에 앉아 벼락이 떨어지는 것을 바라봤다. 벼락은 산꼭대기로 떨어졌고, 피뢰침에 달라붙기도 했다. 승용차에 떨어진 벼락은 번쩍거리며 차체를 타고 내려와 땅으로 사라졌다. 어디를 가든 여기와 다를 게 없다. 맞는 말이었다. 번쩍번쩍. 대추나무 밭으로 벼락이 떨어졌다. 벼락이 없다면 또 다른 뭔가가 있겠지. 사이렌이 멈췄다. 사위는 조용했다. 대추나무 밭에서 불이 나기 시작했다. 번쩍번쩍. 벼락이 떨어진 자리마다 불길이 솟아올랐다. 나는 버스가 올 방향을 향해 고개를 돌렸다. 두 번째 사이렌이 울리기 전까지 버스는 오지 않을 것이다.

2011
신춘문예 당선자 새소설

1쇄 발행일 | 2011년 4월 8일

지은이 | 김경나 외
펴낸이 | 황충상
펴낸곳 | 문학나무

출판등록 | 제300-1991-1호(구:2-1111) 1991. 1. 5.
주소 | 110-809 서울 · 종로구 동숭동 129-23 예일하우스 301호
전화 | 02-3676-4588, 팩스 | 02-3673-4577
이메일 | mhnmoo@hanmail.net
ⓒ김경나 외, 2011

ISBN 978-89-92308-49-6 03810